Alle zehn Jahre ein Buch über Berlin. Nach »In Berlin« (2001) und »Welche Farbe hat Berlin« (2011) spaziert David Wagner wieder durch die Stadt: Er flaniert durch Flughäfen und Malls, die Kastanienallee, die Kurfürstenstraße und die Kantstraße hinauf und hinunter, er besichtigt Autobombensperren am Bikinihaus, verliebt sich in brutalistische Bauten und tanzt auf Socken durch Berliner Zimmer.

Er unternimmt Wallfahrten durch Gewerbegebiete, hilft nicht bei der Gartenarbeit, singt mit Nonnen der Barfüßigen Karmelitinnen, wandert durch die Pandemie und verläuft sich mit Freundinnen, Freunden, allein oder mit einer Schildkröte. Dabei erinnert er an Barrikaden und lässt Brandwände erzählen, folgt geheimnisvollen blauen Röhren, wartet am Rosenthaler Platz auf Erlösung und blickt in eine dystopische Zukunft, in der die Deutsche Digitale Republik (DDR) das freie Berlin besetzt.

»Verlaufen in Berlin« führt kreuz und quer durch die Stadt: ihre Straßen und ihre verschwundenen Brachen, ihre Parkanlagen und Parkplätze, ihre Hässlichkeit und ihre Schönheit. Er zeigt, wohin wir uns verlaufen.

David Wagner, geboren 1971, lebt in Berlin. Im Jahr 2000 erschien sein Roman »Meine nachtblaue Hose«, es folgten u. a. die Bücher »Spricht das Kind«, »Vier Äpfel« und »Welche Farbe hat Berlin«. Sein Buch »Leben« wurde mit dem Preis der Leipziger Buchmesse 2013 und dem Best Foreign Novel of the Year Award 2014 der Volksrepublik China ausgezeichnet. 2014 war er Friedrich-Dürrenmatt-Professor für Weltliteratur an der Universität Bern. Zuletzt erschienen »Sich verlieben hilft. Über Bücher und Serien«, »Ein Zimmer im Hotel«, »Romania« und »Der vergessliche Riese«. Für letzteren wurde Wagner mit dem Bayerischen Buchpreis 2019 ausgezeichnet.

DAVID WAGNER

VERLAUFEN IN BERLIN

VERBRECHER VERLAG

Erste Auflage
Verbrecher Verlag Berlin 2021
www.verbrecherei.de

Einbandgestaltung: Christian Walter
Umschlagfoto: © Ingo van Aaren
Satz: Christian Walter
Druck: CPI Clausen & Bosse, Leck

ISBN 978-3-95732-495-5

Printed in Germany

Der Verlag dankt Alyssa Fenner, Antonia Lesch, Jasper Stephan, Luisa Stühlmeyer und Maria Udelnow.

Inhalt

Allen, die mit mir Spazieren waren

KASTANIENALLEE

Verlasse das Haus erst um kurz nach zehn, bisher war es einfach viel zu heiß. Es ist noch hell und die Straßen sind voll, überall sitzen Menschen und schauen Fußball, Fernseher stehen vor den Lokalen, das Viertelfinale Portugal – Kroatien läuft noch. Als ich in die Schwedter Straße biege, geht das Spiel in die Verlängerung. Ich spaziere an Bildschirmen und Leinwänden vorbei – eine hängt unter dem Dach der fast hundert Jahre alten Tankstelle, an der schon lange kein Benzin mehr verkauft wird – und quer über den Teutoburger Platz. Es ist so schön, sich zu bewegen, heute war bisher nur Wohnungswandern. Erkenne dann, er steht vor einem Fernseher in der Fehrbelliner Straße, Pele, den Maler, der sein Atelier im Milchhof hat. Er möchte, wir gehen die wenigen Meter zusammen, die zweite Halbzeit der Verlängerung im Haliflor sehen.

Sascha ist da, Linda, Denice, Rico, Thilo und Karl, Haliflor-Andi ebenfalls. Alle, nur Friederike fehlt, starren wie gebannt Richtung Leinwand, die über der Bar von der Decke hängt. Pele und ich starren auch, unterhalten uns dabei aber über unsere und andere Familienkonstruktionen: halb Patchwork, halb Großfamilie, hin und wieder alleinerziehend. Quaresma trifft kurz vor Schluss, Portugal gewinnt, und Pele bricht auf, er will zurück ins Atelier, während ich noch kurz bei Romy, Sascha und Rico bleibe, bei den üblichen Gesprächen über alles und nichts.

Auf dem Heimweg kommt Martin mir entgegen. Seit bald zwei Jahrzehnten begegnen wir uns immer wieder auf der Straße, manchmal zweimal am Tag, manchmal Monate nicht. Oft treffe ich ihn auf der Schönhauser, auf der Kastanienallee oder sonst wo in Prenzlauer Berg, seltener in Mitte. Vorgestern erst habe ich ihn an der Eberswalder gesehen, er überquerte die Danziger. Er wohne nun in der Christburger Straße, erzählt er, nicht mehr an der Schönhauser Allee, in einer Umsetzwohnung – »So etwas gibt es noch?«, frage ich dazwischen – mit begrüntem Hof und wohlerzogenen Kindern im Haus, weshalb es ihm dort eigentlich nicht gefalle. Es sei viel zu schön und renoviert für ihn, und er, der Ur-Prenzlauer-Berger, fühle sich unter all den Neuberlinern dort nicht wohl. »Kannste dir ja denken«, sagt er. Und wie er das sagt, glaube ich mich wie immer ein bisschen mitgemeint, obgleich er das wahrscheinlich abstreiten würde. Dass ich zwanzig, bald dreißig Jahre früher hier war, heißt ja nichts. Hinzugekommen bin ich doch.

Er sei gerade dabei, sein Lebenskonzept zu überdenken, seine Peripatetik, seine Zwangs-Peripatetik, er müsse sich ja immerzu bewegen, immer gehen. Er zählt auf, welche Orte er täglich ansteuere, immer zu Fuß: die Rumbalotte, die Papenfuß-Kneipe, die sich jetzt in der Berliner Straße, in der früheren Willner Brauerei befinde; das Watt (dort, wo davor die Rumbalotte war); das Metzer Eck; das Krüger.

Wo er halt Leute treffe, Leute von früher. Leute aus dem Osten. Die Fußball-Europameisterschaft werde sogar in der Paul-Gerhardt-Kirche übertragen, sagt er, die Deutschlandspiele zumindest. Die Paul-Gerhardt-Kirche, verrät er auf meine Nachfrage, das sei die Kirche in der Wisbyer Straße, der dunkle Backsteinbau; es sei dort schön kühl. Und so viele Schäfchen wie zu den Spielen der DFB-Auswahl fänden sonst wohl nur zu Weihnachten in dieses Gotteshaus. Abendmahl werde allerdings keines ausgegeben.

Er ist dann, er fragt nach ihr, ganz verwundert, dass Martha schon sechzehn ist. Er kennt sie noch vom Arnimplatz, im Sand auf dem Spielplatz und im Kinderwagen. »Geht sie heute in den Mauerpark, kiffen?« – »Selten«, antworte ich, und erzähle ihm, dass ich dank ihrer Leichtathletik-Karriere bald alle peripheren Stadien Berlins kenne: das Stadion an der Allee der Kosmonauten, das am Südring, das in Lichterfelde, das schöne Stadion mit den reetgedeckten Nebengebäuden in Hakenfelde und noch einige andere.

Wohl weil so viel los ist auf der Kastanienallee, wir stehen eigentlich im Weg, sagt Martin, das mit den Touristen im Prenzlauer Berg habe mit dem Kirchentag angefangen. »Mit dem von 1989?«, frage ich. »Den habe ich auch besucht, aber nur weil Berlin mich lockte. West-Berlin. Und weil es für die Fahrt schulfrei gab. Wir haben in einem Gymnasium in Westend übernachtet, nicht weit vom Corbusierhaus. Vier Tage bin ich durch Berlin gelaufen. Und hatte am Ende keinen einzigen Gottesdienst besucht.«

»Nein«, sagt er, »ich meine den von 2010. Aber Touristen sind ja vorher schon gekommen. Und heute haben wir jedes Wochenende Kirchentag.«

»Sollen wir nicht lieber ›Treffen der Weltjugend‹ sagen? Im Mauerpark?«

Er lacht.

Nicht immer verstehe ich alles, was er sagt. Manchmal setzt seine rauchige Stimme aus, er hatte Probleme mit seinem Kehlkopf. Ich verstehe auch nicht immer, wovon er spricht, er spaziert und springt durch sein Wissen und ist in ihm unterwegs, wie er in der Stadt unterwegs ist. Er treibt sich herum, streift umher, streichelt Berlin. Er ist der wahre Flaneur, verglichen mit ihm bin ich ein Poser.

Wir stehen noch ein wenig auf dem durch den Umbau mit den Parktaschen für die Autos, da sind wir uns einig, verunstalteten Bürgersteig der Kastanienallee und hätten uns noch viel zu erzählen – geben uns dann aber gleich zweimal die Hand, bevor er zum Abschied den alten, in einer frühen Castorf-Inszenierung wieder aufgenommenen Kräuterlikör-Werbespruch zitiert: »Früher oder später trinkt ein jeder Wurzelpeter«.

Auf den letzten Metern nach Hause – die Blätter der Kastanien werfen theatralische Riesenschatten auf den Granit der von so vielen Sohlen glattpolierten Schweinebäuche – habe ich das Gefühl, Martin hätte die ganze halbe Stadt in sich aufgesaugt. Überall ein Körnchen, auf jedem Weg, bei jedem Schritt durch sein Schweifgebiet. Ich weiß, dass er schon vor der Wende herumgezogen ist, Annett Gröschner erzählt in *Psychonautikon Prenzlauer Berg*, dass er nicht nur bei Ekkehard Maaß ein- und ausgegangen sei, in dessen Wohnung in der Schönfließer Straße die legendären, durch Sascha Anderson stasi-überwachten Lesungen stattfanden. In den frühen 2000er Jahren, als ich am Arnimplatz neben der Kletterburg am Sandkasten saß, wohnte Ekkehard Maaß noch immer dort, hatte ebenfalls ein kleines Kind und setzte sich manchmal zu uns.

Am Tag darauf schreibt Martin mir per Facebook-Nachricht: »ja.schade david.3 min später und 50 m weiter war auf hof von k77 ne hoffest.band mit letzter kraft noch… so'n 90er berlin gefühl stellte sich ein… und ganz schlimm dann die meute vor der badeanstalt oderberger hingegen…. ansonsten ahoi.auf demnächst.m.«

2016

BRANDWÄNDE ERZÄHLEN BERLIN

Ich wache auf, öffne die Augen und sehe die Brandwand. Eine Mauer aus vielen – wie viele waren es, habe ich nicht sogar versucht, sie zu zählen? – ursprünglich roten, über die Jahrzehnte eingegrauten und anverwitterten Ziegelsteinen.

Ich sah sie jeden Morgen. Mein Bett stand gegenüber dem einzigen Fenster des einzigen Zimmers der Wohnung, ich hatte sehr viel Mauer vor mir. Manchmal wanderten Lichtpunkte über die Backsteinwand, das freute mich, später am Tag, wenn die Sonne schien, was im Winter nicht oft der Fall war, ein Schatten. Die Brandwand vor meinem Fenster war wie eine große leere Leinwand, eine Matrix, in der vielleicht, dachte ich mir, während ich sie vom Bett oder später vom Schreibtisch aus betrachtete, eine Botschaft steckte. Stecken musste. Standen nicht einige Steine ein wenig aus dem Verbund heraus? Bildeten sie nicht Buchstaben? Ameisen konnten diese Backsteinwand hinauflaufen. Ich nicht.

Brandmauern haben Berlin gerettet. Wahrscheinlich stand das Haus, in dem ich damals, in den frühen neunziger Jahren, wohnte, nur wegen seiner Brandmauern noch. In seiner Umgebung waren während des Krieges nicht wenige Bomben gefallen.

Nur der Brandwände wegen stehen überhaupt noch so viele Gebäude, die wir heute Altbauten nennen. Während der Bombardierungen waren viele von ihnen nicht einmal fünfzig Jahre alt und brandschutztechnisch auf der Höhe der Zeit. Hamburg ist verbrannt, Köln ist verbrannt, Nürnberg ist verbrannt, Würzburg ist verbrannt, Dresden sowieso und von vielen anderen deutschen Innenstädten blieb auch nicht viel übrig. Berlin aber blieb Berlin, weil Berlin eben – zu einem großen Teil zumindest – keine alte Stadt war. Von der Altstadt, die auch Berlin einmal hatte – sie befand sich um die Marien- und die Nikolaikirche herum und auf der Fischerinsel –, von der Altstadt, die brennen konnte, ist fast nichts mehr da.

Berlin blieb dank seiner strengen Bauvorschriften in großen Teilen erhalten – und weil die Stadt, so weit im Osten, lange nicht in Reichweite der alliierten Bomber lag; nicht in Reichweite der – wie hieß es so schön auf den heute fast überall entfernten Ost-Berliner Hinweistafeln aus DDR-Zeiten: »angloamerikanischen Bomberverbände« – lag. Westdeutsche Ziele lagen einfach näher.

Brandwände haben Berlin gerettet, denn um Berliner Mietskasernen zu knacken, brauchte es schwerste Bomben, Wohnblockknacker genannt, dann Sprengbomben auf Brandbomben. Die Bauweise mit Brandwänden war und ist aber auch verantwortlich für die oft mangelnde Belichtung vieler Berliner Wohnungen. Sie sorgte für Wohnhöhlen, wie die, in der ich untergekommen war, mit einem großen Zimmer, das von nur einem Fenster eher mangelhaft beleuchtet wurde. In der ich mich aber, Brandwand im Rücken, Brandwand vor dem Fenster, sehr sicher fühlte. Ich war in Berlin.

Gar nicht so selten zu sehen in großen Brandwandflächen: Ein oft recht weit oben liegendes, einsames kleines Fenster, das ein Bewohner der dahinterliegenden Wohnung in einem anarchischen Akt durch die Hauswand gebrochen hat, um sich so mehr Licht, Luft und Aussicht zu verschaffen. Nachts oft ein warmes, gelbes Lichtgeviert in dunkler Fläche.

Kann wie ein Gemälde aussehen.

Brandwände aber, das tut mir fast leid, verschwinden. Verschwinden, weil neu gebaut wird. Ich erinnere mich an das kubistische Brandwandensemble am Pariser Platz, dort, wo heute die Französische Botschaft steht: Sie bildeten einen Raum, der nur noch an zwei Seiten offen war: zum Himmel und zur Straße.

Ich erinnere mich an das Brandwanddreieck in der Anklamer Straße, Rosenthaler Vorstadt, auf dem der Kohlenhändler Peter Hantke seine Brennstoffhandlung hatte. Heute steht auch dort ein Haus, hell können die Wohnungen in dem Gebäude auf dieser schwierigen Grundfläche nicht sein.

Eine Brandwand in der Senefelder Straße fällt mir ein, einige Jahre grasten auf ihr lebensgroße, in der Senkrechten angebrachte bunte Kuhfiguren. Heute steht ein Haus vor dieser Weide.

Ich muss an das Cantiandreieck denken, »Aufstand der

Würde« war dort jahrelang zu lesen. Und zwei Sommer gab es auf dem Grundstück vor der Brandmauer eine Wiesenbar. Heute steht dort ein Haus.

Ich muss an die Brandwand an der Schönhauser Allee denken, dort wo die Hochbahn die Ringbahn kreuzt. Bevor dort ein riesiges Gesundheitszentrum errichtet wurde, Abschreibungsarchitektur, wurde vom Dach des gegenüberliegenden Hauses Werbung auf die Brandwand projiziert.

Und ich erinnere mich an die riesigen Brandwände in der Chausseestraße, dort, wo jetzt das Hotel Titanic schwimmt. Und und und. Beispiele sind Legion.

Es werden weniger – aber es gibt noch immer viele. Eine meiner Lieblingsbrandmauern steht Ackerstraße / Ecke Max-Ulrich-Straße, Gesundbrunnen. Sie erstreckt sich, ein vertikales Feld, über einen ganzen Block und kann in der Abendsonne glühen wie die Alpen.

Mir gefällt die Brandwand an der Schönhauser, fast am Schönhauser Tor. »Diese Stadt ist aufgekauft!« steht auf ihr, seit vielen Jahren.

Ich mag die uralte Quartier-204-Werbung auf der letzten Freifläche der Friedrichstraße, zurzeit ist dort eine Baugrube. Die Wand wird bald verschwunden sein.

Und ich mag die großflächigen Brandwände der Cuvrybrache an der Schlesischen Straße. Der berühmte, kopfüber baumelnde Astronaut, zeitweise die bekannteste Streetart der Stadt, wurde mittlerweile vom Künstler selbst übermalt, weil er nicht damit einverstanden war, dass sein Kunstwerk zur Bebilderung von Imagebroschüren und Immobilienprospekten verwendet wurde.

Die entzückende Brandwand über dem Woolworth-Flachbau, Potsdamer Straße / Ecke Kurfürstenstraße. Eine West-Berliner Ecke.

Und ich denke an die leere Ecke Potsdamer Straße / Ecke Alvenslebenstraße, Schöneberg. Sieht so aus, als hätte jemand dort ein Stück aus dem Streuselkuchen der Stadt geschnitten. Ein paar Krümeltrümmer liegen noch dort, mittlerweile überwuchert.

Es wäre allerdings ein Irrtum zu glauben, erst die Bombardierung und die Eroberung durch die Rote Armee, die Schlacht um Berlin im April 1945, hätten die Brandwände im Stadtbild freigelegt.

Brandwände zeigten sich schon vor dem Krieg immer dort, wo die Bebauung aufhörte. Sie ragten auf, wo einstöckige Bebauung zwischen Traufhöhenhäusern, sprich Mietskasernen, überdauert hatte. Sie zeigten sich in Bau- und Spekulationslücken und dort, wo Stadt- und Ringbahn die Bebauung teilten. Der Stadtbahnhof Savignyplatz zeigte seine Brandwände damals schon wie heute, er ist ein Brandwandbahnhof zwischen Gebäuden, die scharf angeschnitten am Stadtbahnviadukt stehen.

Der aus Köln stammende, in Berlin wirkende neusachliche Maler Gustav Wunderwald malte in der zweiten Hälfte der zwanziger Jahre des zwanzigsten Jahrhunderts etliche Stadtansichten Berlins – und auf vielen von ihnen sind

Brandmauern zu sehen. Wunderwald, der Wedding-Canaletto, malte Brandwände auf eine Weise, dass sie wie abstrakte Flächen in seinen Bildkompositionen liegen. Sein Schaffensmotto, formuliert im Jahr 1926, lautete: »Die tristesten Dinge haben es mir angetan und liegen mir im Magen, Moabit und der Wedding packen mich, diese interessante Trostlosigkeit«.

Die Brandmauerproduktion endete nicht mit dem Bombenkrieg. Neue Brandwände zeigten sich nach 1961 durch den Bau der Mauer, für die auf der Ostseite der Sektorengrenze viele Gebäude abgerissen wurde. An der Bernauer Straße sind sie zu sehen.

In West-Berlin legten der Stadtumbau und der Bau der Stadtautobahn Brandwände frei, Schneisen in Wilmersdorf, Steglitz und Kreuzberg – am Kottbusser Tor sollte einmal ein Autobahnkreuz entstehen – können davon erzählen.

Brandwände sind Malfläche, Werbefläche und Projektionsfläche. Letztere im wahrsten Sinne des Wortes: Ich erinnere mich an manche Party, bei der sich Diaprojektoren, später Beamer, auf eine Brandwand richteten: Bilder auf die Stadt.

Brandwände waren schon immer, das zeigen auch Wunderwalds Gemälde, Fläche für Reklame: »Möbel Hübner, ich soll Sie schön grüßen!«, die große, so romantisch-pittoresk abblätternde Schultheiss-Reklame in der Prinzenallee, sozialistische Parolen, in Mitte noch in den neunziger Jahren zu sehen.

Brandwände, gerade durch Abriss freigelegt, boten auch Platz für senatsgeförderte Wandbilder; sie entstanden, heute schlecht gealtert, in den Jahrzehnten, als West-Berlin sich verschönern wollte. Das berühmte Reißverschlussbild in der Zillestraße ist ein Beispiel.

In den frühen neunziger Jahren lebte ich mit einer Brandwand, ich hatte eine steinbloße, also unverputzte Mauer fast in der Wohnung. Vom Himmel war nur ein Ausschnitt zu sehen, die Wand gegenüber war der größere Himmel – und ich sah immer mehr in ihr. Ich sah Textur und Struktur, ich sah Malerei und eine Skulptur auf rauer Fläche. Wo der Putz noch nicht abgebröckelt war, sah ich Kontinente, ich sah Umrisse unbekannter Inseln, Firstlinien, Schatzkarten, Einschusslöcher, Decken und Böden verschwundener Häuser. Ich sah Spuren früherer Kamine, Schwalbennester, ich sah Moos auf Ziegeln, Efeu und dürre Bäumchen, die sich irgendwie hielten, Birken, die Samen vom Wind in die Fugen geweht.

Nicht alles von meinem Bett aus, nein, aber irgendwo in der Stadt. Die Brandwände erzählten mir Berlin.

Ich zählte die Ziegel auf meiner Brandwand, fragte mich aber auch, woher sie eigentlich stammten. Jeden einzelnen Stein mussten, »Stein auf Stein, das Häuschen wird bald fertig sein«, mehrere Arbeiter und zuletzt ein Maurer in den Händen gehabt haben.

Auf einer meiner Wanderungen um Berlin fand ich die

Antwort, als ich mich in die Glindower Alpen verlief. Nahe des Örtchens Glindow wurde Ton abgebaut, bis die Vorräte sich im frühen zwanzigsten Jahrhundert erschöpften. Es gab etliche Ziegeleien mit Rundöfen; zu Hochzeiten wurden dort täglich mehr als fünfhunderttausend Steine gebacken. Gebrannt. Tagebau und Abraumhalden schufen eine bizarre Abenteuerlandschaft im sonst eiszeitflachen Land; feuchte Schluchten und steile, heute bewaldete Abhänge.

Die Backsteine, die von Glindow über die Havel nach Berlin verschifft wurden, konnten den Flammen standhalten. Sie waren ja schon durchs Feuer gegangen.

2018

P.S. Nicht wenige der erwähnten Brandwände sind mittlerweile hinter Bebauung verschwunden. In Berlin werden aber auch neue Brandmauern errichtet: Auf der Chausseestraße beispielsweise, kurz bevor sie zur Müllerstraße wird, ragen frische Brandwände an die erst in den nuller Jahren errichtete Total-Tankstelle heran. Und ein Stück nördlich der Panke zeigt der kastenförmige Neubau hinter dem S-Bahnhof Wedding seinem noch unbebauten Nachbargrundstück eine große, kahle, weiß verputzte Brandwand. Mal sehen, wie lange.

DER RETROFLUGHAFEN

Ob es ihn tatsächlich gibt, diesen ominösen neuen Berliner Flughafen? Wenn überhaupt, dann sicherlich von Kletterrosen, Efeu und Wildem Wein umrankt, mit Robinien und jungen Ahornbäumen auf dem Dach, wie eine verfallene Maya-Stadt im Urwald von Yucatán. Dann aber steht er plötzlich kahl und nackt und gar nicht so groß vor mir in der Brandenburger Ödnis.

Sonderlich auffallen möchte er nicht, keine aufragenden Tragflächen schmücken seine Gebäude, es gibt keine Zeltkonstruktionen und keine geschwungenen Dachlandschaften. Verglichen mit dem neuen Flughafen in Peking von Zaha Hadid wirkt dieser hier harmlos, bescheiden, fast ein wenig putzig.

Seit der in letzter Minute abgesagten Eröffnung im Jahr 2012 sind mehr als dreitausend Tage vergangen. Das Licht fällt schön durch die wenigen Wolken am Himmel, kein Jet stört die Ruhe. Flughafenchef Engelbert Lütke Daldrup und die Architekten des Büros Gerkan, Marg und Partner (gmp) stehen auf dem zeppelinfeldgroßen Aufmarschplatz vor dem Terminal 1, dessen auskragendes Dach und tempelartige Kolonnade mir gut gefallen. Es erinnert an die Berliner Neue Nationalgalerie, an den Warschauer Hauptbahnhof und an ... noch komme ich nicht darauf.

Der große Meinhard von Gerkan, 85, der als junger Mann mit Volkwin Marg den großartigen Flughafen Tegel baute und viel später den nicht so großartigen Berliner Hauptbahnhof, ist persönlich gekommen, um vorzuführen, wie der Entwurf, mit dem er und sein Büro den Wettbewerb zum Bau dieses Flughafens gewonnen haben, umgesetzt wurde. Wann haben gmp den Wettbewerb gewonnen? Es war 1998, im letzten Jahrhundert, Helmut Kohl war Kanzler. Meinhard von Gerkan sitzt heute im Rollstuhl.

Die jüngeren Architekten Hans Joachim Paap und Hubert Nienhoff sind glücklich, dass der Flughafen endlich fertig ist. Sie sprechen von »unerwünschten Verzögerungen« und von der »Katastrophe 2012«. Ob damals ein Meteorit einschlug? Konnte deshalb nicht eröffnet werden? Nein, »das Terminal hatte die bekannten Probleme«, verrät Flughafenchef Lütke Daldrup, 17 500 (oder waren es doch 175 000?) Mängel mussten einer nach dem anderen geprüft und abgearbeitet werden. »Deshalb hatten wir letztendlich die bestkontrollierte Baustelle der Welt«, sagt er. Da ist sie also, die berühmte deutsche Gründlichkeit. Ich bin beruhigt, es gibt sie noch.

Einer der vielen tausend Mängel war die Rolltreppe aus dem unterirdischen Bahnhof, die leider drei Stufen zu kurz geraten war. Sie wurde ausgetauscht. In diesem Bahnhof, der Krypta des Flughafens, sitzen seit der Fertigstellung vor neun Jahren Wächter und Wächterinnen zwischen den schönen Zwillingssäulen, welche die Decke über den Bahnsteigen stützen. Eine Tempelhüterin, wir nicken uns zu, liest in einer italienischen Taschenbuchausgabe der *Göttlichen Komödie*. Seit 2011 verkehren auf den Gleisen dieser Station nur leere S-Bahnzüge auf sogenannten Geisterfahrten. Ihr Zweck ist es, die Luftmassen im Tunnel aufzuwirbeln, es soll nicht schimmeln in der ungenutzten Unterwelt.

Vom Bahnsteig geht es theoretisch direkt hinauf in die luftige hohe Abflughalle – tatsächlich jedoch erst in eine beängstigend niedrige und »baulich schwierige Zwischenebene«, wie einer der Architekten zugibt. Oben im Terminal 1 erinnern die profilierten Stahlstützen wieder an die Neue Nationalgalerie, mit ihren dreiundzwanzig Metern überragen sie die Berliner Traufhöhe um einen Meter. Meinhard von Gerkan hält eine kleine Ansprache und zitiert einen selbstverfassten Artikel aus dem Jahr 1997, in dem er Flughäfen als »Tore zur Welt« beschreibt. Heute, wir tragen alle Mundschutz, sind Flughäfen Einfallstore für Viren, Start- und Landeplatz für Klimakiller und seit dem 11. September 2001 mehr als je zuvor Orte terroristischer Bedrohung.

»Wohlfühlen soll man sich hier«, sagen die jüngeren Architekten, trotz allem. Und ja, ich fühle mich wohl auf den geschliffenen hellen Jurakalksteinplatten mit interessanten Einschlüssen. Ich fühle mich wohl in der Dezenz zwischen Nussbaumholz, der angenehmen Leitfarbe Rot und den vielen Feuerlöschern. »Alle anderen Farben bringen die Menschen mit«, höre ich. Hoffentlich stören diese Menschen das Farbschema nicht zu sehr, das gmp sich ausgedacht haben.

Wir dürfen durch die Sicherheitskontrolle, ausnahmsweise ohne Bordkarte. Kurz gehören wir so zum Probebetrieb, von dem eine angehende Luftverkehrsfrau im zweiten Lehrjahr erzählt hat: An anderen Tagen werden Komparsen bezahlt, um Passagiere zu spielen; ja, dieser Flughafen ist nicht nur ein Museum seiner selbst, er bietet auch großes Theater.

Im Sicherheitsbereich darf ich nicht mehr fotografieren – auch nicht den wunderschönen blau-schwarz-braun gefiederten Vogel, der tot in der von Glaswänden eingefassten Lücke zwischen Terminal und Flügelbau liegt. Ich fotografiere ihn trotzdem. Wie ist ein Eisvogel in diesen wenige Meter breiten Zwischenraum geraten? Wieso musste er hier sterben? Und was wollten die anderen Vögel dort? Ich sehe zwei Spatzen und weitere Vogelgerippe. Ist dieser Flughafen eine große Vogelfalle? Ein Vogeltotenhaus? Das Sicherheitspersonal scheint es nicht zu stören.

Der Duty-Free-Shop, den alle, die abfliegen wollen, durchqueren müssen, war bereits im Jahr 2012 fertig – wurde jetzt jedoch komplett neu gebaut. Sogar die Bodenplatten haben die Betreiber herausreißen lassen, ästhetisch veralteten Ladenbau kann der Spätkapitalismus sich nicht leisten. Der Flughafenchef sagt, es werde hinter den Sicherheitskontrollen bald hundertzehn Geschäfte geben, Retail und Gastronomie. Dieser Flughafen, aber das wundert niemanden mehr, ist eine Mall. Nur dass der Anteil der Gastronomie sich gegenüber 2012 erhöht habe, so Lütke Daldrup, Grund dafür sei, dass die Fluglinien ihren Passagieren im Flugzeug kaum noch etwas zu essen anbieten.

Die geschmackvollen Sitzgelegenheiten in den übersichtlichen Gates mit großen Fenstern waren damals, als die

Architekten sie ausgesucht haben, das neueste Modell von Vitra. Heute sind sie fast Vintage. Steckdosen haben die Bänke leider keine. Als ausgesucht, geplant und entschieden wurde, gab es noch keine Smartphones.

»Mussten nicht ganze Nussbaumwälder sterben?«, erkundige ich mich, weil ich überall das schöne französische Nussbaumholz sehe. Nein, beruhigt man mich, das Furnier sei nur 0,7 Millimeter dick; es sei also quasi eine Nussbaum-Folie, die den Flughafen überall so wohnlich auskleidet. Holz habe darüber hinaus einen weiteren Vorteil, es schütze vor Vandalismus.

Wir werden das beobachten in den nächsten Jahren. Und ich werde versuchen, nirgendwo die Namen früherer Mitschülerinnen einzuritzen, wie ich es einst auf den Holzbänken meiner Grundschule getan habe.

Durch geheime Gänge geht es hinunter »ins Herz des Flughafens«, wie Lütke Daldrup die riesige vollautomatische Gepäck-Sortieranlage mit umfangreichem »Frühgepäckspeicher« nennt. Oder handelt es sich, schließlich werden auf der Null-Ebene Koffer verdaut, eher um die Flughafen-Eingeweide? Mitten in dem beeindruckend verwirrenden Förderbandlabyrinth findet sich ein Schreibtisch – noch sitzt dort niemand, heute noch keine Peristaltik im Flughafendarm –, auf dem ein alt und neu zugleich aussehendes Alcatel-Lucent-Festnetztelefon steht. Eine Bedienungsanleitung, noch eingeschweißt, liegt daneben. Eine Wählscheibe hat es nicht.

Aus der Tiefe fahren wir hinauf auf die Terrasse der

Plane-Spotter, die auch für Besucher, die nicht abfliegen wollen, geöffnet sein wird.

Auf dem Vorfeld zähle ich etwa zwanzig zwischengeparkte Flugzeuge, ich zähle auch vier tote Vögel, die auf der Terrasse liegen und verwesen. Und muss hier über dem Rollfeld an *La Jetée* denken (dt. *Am Rande des Rollfelds*), den berühmten Essay-Film von Chris Marker über einen zeitreisenden Flughafenbesucher, der auf der Terrasse von Paris-Orly seiner eigenen Ermordung zusehen muss.

Meine Zeitreise auf dem Flughafen Willy Brandt verläuft friedlicher. Ich höre viele Zahlen. Lütke Daldrup wünscht sich, dass die richtigen in der Zeitung stehen. Zum Beispiel, dass dieser Flughafen im Grunde eher preiswert gewesen sei, er habe, reine Baukosten, nur knapp fünf Milliarden Euro gekostet. Trotz der Nussbaumfolie. Hinzu seien noch etwa achthundert Millionen Euro für den Schallschutz in der Umgebung gekommen. Von all den Mehrkosten, die durch die jahrelangen Nachbesserungen und die Verzögerung aufgelaufen sind (eine Milliarde Euro, vielleicht auch mehr), soll heute nicht die Rede sein. Es gebe jetzt sieben Entrauchungsanlagen statt einer, »jede so groß, dass ein LKW durchfahren könnte«, sagt er, zudem sei das Gebäude nun eine intelligente Maschine mit zweitausend mindestens ebenso intelligenten Türen, 28 000 Brandmeldern und etwa 78 000 Sprinklerköpfen. Wieviel kostet eigentlich ein Sprinklerkopf? Und wie viele sind es genau? Sprinklerköpfe zählen, das muss dieses berühmte German Engineering sein.

Am Ende unseres langen Rundgangs stehen wir wieder auf dem großen Platz vor dem Terminalgebäude. Die Architekten und der Flughafenchef lassen sich in der mild leuchtenden Abendsonne fotografieren, Meinhard von Gerkan erhebt sich aus seinem Rollstuhl, und ich frage mich, wie viel Lebenszeit sie alle wohl mit diesem Flughafen verbracht haben. Als ich erfahre, dass einer der gmp-Partner, Hubert Nienhoff, sich heute zum ersten Mal seit 2012 auf dem Flughafengelände aufhält, wundere ich mich doch ein wenig. Warum war er so lange nicht hier? Weil, wie ich nun erfahre, den Architekten damals, nachdem der Flughafen nicht eröffnet werden konnte, die Werkverträge gekündigt worden waren. Ach, sie durften zuletzt gar nicht mehr mitmachen? Und dabei wollte ich sie eigentlich fragen, ob sie sich nicht auch ein bisschen schämen für dieses Flughafendesaster. Und wollte daran erinnern, dass der Architekt der Wiener Staatsoper Eduard van der Nüll sich einst (Architektenehre und so) erhängte, weil sein Bau, als er fertig war, einen Meter unterhalb des Niveaus der Ringstraße lag. Aber es scheint ja so – jedenfalls gelingt es gmp, diesen Eindruck zu erwecken – als hätten sie mit der kleinen Verzögerung bei der Eröffnung unseres neuen alten Flughafens gar nichts zu tun.

Nun, ich habe mich umgedreht und schaue aus einiger Entfernung auf das Terminalgebäude, fällt mir ein, woran die Kolonnaden und das Arrangement mit den Flügelbauten mich auch erinnern: An David Chipperfields Friedhof von Venedig auf San Michele und an Atatürks imposantes Mausoleum in Ankara. Ja, ich sehe auf einmal Friedhofs-

statt Flughafenarchitektur, es fehlen nur die Zypressen. Auf den Rendering-Bildern, mit denen gmp den Wettbewerb einst gewann, sind Bäume mit großen Kronen zu sehen; Bäume, die bisher leider nicht gepflanzt wurden; weder vor der geplanten Eröffnung 2012, noch in den Jahren seither. Schade, sie hätten viel Zeit gehabt, in den Himmel zu wachsen.

Vor bald fünfzig Jahren haben Gerkan, Marg und Partner Berlin (West) einen fröhlichen Flughafen gebaut, ja, Tegel war ein fröhlicher Spielzeug-Flughafen mit Konzept, in dem alles zusammenpasste, so wie bei den im Jahr seiner Eröffnung 1974 auf den Markt gekommenen Playmobil-Figuren. Neun auf der ganzen Welt gebaute Flughäfen später hat gmp ein Mausoleum errichtet, für sich selbst, für das Fliegen und für einen toten Eisvogel.

Wenn er am 31. Oktober tatsächlich eröffnet, haben Berlin, Brandenburg und ganz Deutschland den neuen Retro-Flughafen bekommen, den sie verdienen. Einen, der nicht und niemanden überfordert. Einen Flughafen, der heute aussieht, als wäre er über zwanzig Jahre alt. Einen, der keine Euphorie und keine anderen großen Gefühle auslöst. Kurios, dass ausgerechnet im seltsamen Jahr 2020 gleich zwei Symbolbauten der Berliner Republik fertig werden: Ein Replika-Schloss, das niemand braucht und so tut, als hätte es den Zweiten Weltkrieg und die DDR nie gegeben. Und der Flughafen, den wir fast vergessen hatten.

2020

ODERBERGER STRASSE

Paul's Boutique war schon da, als ich einzog in das Haus Oderberger Straße. Für mich gibt es den Laden also schon immer. Seit mehr als fünfzehn Jahren sehe ich nicht nur Teenager – früher hauptsächlich aus Berlin, dann aus der ganzen Welt – sich dort die Nasen plattdrücken. Hat Paul's Boutique geschlossen, habe ich Mitleid mit ihnen: Jetzt sind sie extra aus Koblenz, Böblingen und in normalen Jahren vielleicht auch aus Turku oder Wisconsin gekommen – und stehen vor dem Geschäft voller alter Turnschuhe, ihren Traum-Sneakern so nah. Sehnsüchtig starren sie in das Star-Wars-, Spielzeugroboter- und Boombox-Schaufenster. Und stehen sie nicht zu Recht dort? Ist dieses Schaufenster, ach was, der ganze Laden nicht eine Installation?

Ich verstehe sie, ich stehe selbst gern dort, noch immer, immer wieder, seit bald zwei Jahrzehnten. Ich liebe den mittlerweile leicht verblassten lebensgroßen Prinzessin-Leia-Aufsteller – bin ich nicht schon 1980 in sie verliebt gewesen, als ich sie zum ersten Mal im Kino sah?

Manchmal sehe ich, wie neue alte Kleidung – nicht nur Schuhe sind im Angebot – geliefert wird: Riesige Kartons auf Europaletten werden vor dem Haus abgeladen, Pappkartongebirge blockieren die Einfahrt und die Haustür. Und jedes Mal frage ich mich: Wer wird das alles kaufen?

Es wird aber gekauft, schnell, es dauert nicht lange, und neue zerrissene Kartons füllen den Altpapiercontainer im Hof.

Könnte es sein, nur so ein Verdacht, dass die gebrauchten Kleidungsstücke, die in Paul's Boutique verkauft werden, inzwischen in China hergestellt und industriell gealtert und vorabgenutzt ausgeliefert werden? Wo soll das ganze Vintage-Zeug sonst herkommen? Sind nicht alle bunten Trainingsjacken längst verkauft? Oder ist es ein Kreislauf, kommen die Jacken nach einigen Jahren in irgendeinem westdeutschen Mittelzentrum wieder zurück nach Berlin?

In und um Paul's Boutique war und ist immer etwas los. Bands spielen, Schauspielerinnen, sonst nur im Kino zu sehen, hängen herum; Mädchen, die Models werden wollen oder es schon sind, lümmeln auf der gelben Bank vor dem Laden.

Ich erinnere mich an die Fußballweltmeisterschaft 2014, vor Paul's Boutique steht – muss dieser mysteriöse Paul organisiert haben – ein Kuckmobil: ein riesiger Fernseher auf der Ladefläche eines kleinen, rückwärts eingeparkten LKWs. Unser Fußballkino vor dem Haus. Dort sitzen wir am 13. Juli 2014. Und nach der 113. Minute nicht mehr.

Während ich mich an meine Jahre mit Paul's Boutique erinnere, muss ich mich fragen: Habe ich dort je etwas gekauft? Ich bin oft im Laden gewesen, habe durch das Kleiderstangenlabyrinth hineingefunden, um Pakete abzuholen oder Pakete, die bei uns abgegeben worden waren, zu übergeben. Aber habe ich je gut eingetretene Sneaker erstanden? Eine gebrauchte, mit dem Logo eines Provinzsportvereins bedruckte Adidasjacke? Eine abgewetzte Barbourjacke? Vielleicht bin ich mal in Versuchung geraten; gekauft aber habe ich, glaube ich, nie etwas. Im Gegenteil, seit Jahren phantasiere ich, Jacken aus meinem überquellenden Kleiderschrank und Schuhe – zumindest einige der circa zwanzig Paar, die mir seltsamerweise nicht mehr passen – in den Laden zu bringen.

Paul's Boutique ist ein Ort, der an die Neunziger und die ersten Jahre im neuen Jahrtausend erinnert. Und das nicht nur, weil er nach dem Album der Beastie Boys benannt ist, mit dem die neunziger Jahre einst begannen. Der Laden steht für eine Zeit, in der nicht nur der Prenzlauer Berg ein großer Möglichkeitsraum war, eine Zeit, in der in Berlin alles möglich schien. Zum Beispiel einen Laden zu eröffnen, der gebrauchte Sneaker verkauft. Praktischerweise lässt die Erinnerung an diese Vergangenheit sich eben dort erwerben, in Form von Schuhen und gebrauchten Kleidungsstücken. Trotz dieses, wie es scheint, aktuell sehr erfolgreichen Geschäfts mit dem Style der Vergangenheit, ist Paul's Boutique ein historischer Ort, das Monument eines Berlins, von dem nicht viel geblieben ist.

Dass die Oderberger, diese zu Mauerzeiten zwangsweise verkehrsberuhigte Straße, sich in den letzten Jahrzehnten so sehr verändert hat und so viele Besucher, so viel Publikum anzieht, hat vielleicht auch mit Paul's Boutique zu tun. Als ich einzog in unser Haus, nahm das Geschäft noch nicht die ganze Verkaufsfläche im Vorderhaus ein. Im kleineren, rechten, einst vom PDS-Büro besetzten Ladenlokal befand sich das Café Kombini. Von Kundschaft überrannt war es nicht, trotz des guten selbstgebackenen Kuchens. Oft saß ich alleine dort. Bis Paul's Boutique eines Tages auch die Räume des Cafés übernahm. Der Fahrradständer des Kombini, ein selbstgeschweißtes improvisiertes Monstrum, stand noch jahrelang auf dem Bürgersteig vor dem Haus. Und rostete vor sich hin.

Die Oderberger, die schöne breite Straße – sie ist so breit, weil dort, wo einst die Mauer stand und wo sich heute der Mauerpark erstreckt, einmal ein Güterbahnhof war –, ist heute auch Opfer ihrer Attraktivität. Nicht nur sonntags, wenn Touristen in Horden und Pärchen in Kolonne die Straße auf und ab und zum Flohmarkt hin marschieren, sondern auch werktags, wenn die geführten Fahrradgruppen schwärmen, Reisebusse sich durch die Straße schieben und die Löschwagen der Feuerwehr nicht mehr durchkommen, weil all die LKW, die Frischfleisch und Getränke liefern oder Fett absaugen, die Straße blockieren. Heute wäre ein Café neben Paul's Boutique eine Goldgrube. Vielleicht.

Es gibt kein unsaniertes Haus mehr in der Oderberger und zu viele Ferienwohnungen. Sonntags gegen zehn – ich bestaune sie auf dem Weg zum Schrippen holen – ist die Schlange vor dem Café Krone nicht selten vierzig Meter lang. Die Frühstückshungrigen, viele von ihnen aus Übersee, warten vor einer Tafel, auf der »You will be seated« zu lesen ist. Sie werden platziert, denke ich und muss lachen: Die DDR ist wieder da.

Noch gibt es keinen Starbucks und keine echte Systemgastronomie in der Oderberger. Vielleicht ist aber auch das nur eine Frage der Zeit. Wie viele asiatische Restaurants passen auf eine Straße, die gar nicht besonders lang ist? Zurzeit sind es acht oder neun, ich verliere den Überblick.

Symbolisch und sehr schlau, dass auf der Fassade des Hauses, in dem Paul's Boutique von Kundschaft überrannt wird, so lange schon der Schriftzug »Berlin« zu lesen ist. Das gibt Halt und erinnert alle daran, wo sie sich befinden. Hier ist es also, dieses Berlin! Und hier lässt sich etwas davon kaufen. Zum Anziehen.

Paul heißt gar nicht Paul, fand ich bald nach meinem Einzug heraus, Paul heißt Frank. Wir sind einander gute Nachbarn, wir grüßen uns, wir plaudern, er lacht, und oft fragt er, wann das nächste Buch fertig werde. Bald, Frank, dauert nur noch ein paar Jahre. Mein Nachbar ist mir so sympathisch, ich würde sogar getragene Turnschuhe bei ihm kaufen.

2020

ENDE EINES SUPERMARKTS

Erst am Kühlregal bemerke ich's: Mein Kaiser's ist kein Kaiser's mehr. Statt meiner Lieblingsjoghurts stehen da andere; es gibt die Vanille- und Naturjoghurts der Bio-Handelsmarke von Kaiser's-Tengelmann nicht mehr. Wie viele Jahre habe ich sie gekauft und gelöffelt, oft abends spät, während ich auf den Küchencomputer glotzte, das Vanillejoghurt immer mit einer Prise frisch gemahlenen Espressopulvers verfeinert, das Naturjoghurt morgens mit Müsli und Honig?

Nun stehe ich hier in diesem Supermarkt, in dessen Nähe ich schon so lange wohne, er trägt den Kaiser's-Schriftzug und das Kaiser's-Logo (auf dem ich lange Jahre keine Kaffeekanne erkannte, weil Kaffeekannen einfach nicht mehr so aussehen wie auf diesem Logo) noch auf dem Flachdach, über meinem Arm hängt einer der alten, leicht angestoßenen Kaiser's-Einkaufskörbe aus Kunststoff – und ich weiß nicht, was ich kaufen soll. An den Kassen, ich habe sie Kaiser's-Rot leuchten sehen, liegen, wie zum Hohn, Kaiser's-Einkaufstüten, die gewohnten Produkte jedoch fehlen.

Traurig – wie war das noch mit dem Glücksversprechen des Kapitalismus? – bewege ich mich durch die Gänge und finde nicht mehr, was ich suche. Was sonst mit schlafwandlerischer Sicherheit in meinen Korb wanderte, ist aus dem

Sortiment verschwunden. Und mir kommt es vor, als wäre damit etwas von mir verschwunden – denn bin ich nicht eigentlich das, was ich kaufe? Bin ich nicht das Produkt all der Produkte, die ich über die Jahre nach Hause getragen und aufgegessen habe? Muss ich nun, mit neuen, ungewohnten Produkten, nicht ein anderer werden? Möchte ich das überhaupt? Womit habe ich das verdient? Ist der Verlust meines Lieblingsjoghurts vielleicht die Strafe dafür, dass ich in den letzten Jahren oft supermarktfremdgegangen bin, in Berlin und anderswo? Habe ich Kaiser's vernachlässigt?

Als ich mit den lieblos gestalteten Bio-Joghurtbechern an der Kasse stehe, fällt mir ein, dass ich wohl nie wieder die Kaiser's-Frage nach den Herzen hören werde: »Sammeln Sie Herzen?« – wie oft hat eine Kassiererin das zu mir gesagt? Ich habe fast immer ja gesagt, ja, ich sammle Herzen, ein Hobby, und meine Tochter liebte es, sie in die Sammelbroschüre zu kleben. Verdanken wir nicht die halbe Ausstattung unserer Küche den Kaiser's-Rabattaktionen? Den großen Bräter, die Wok-Pfanne, zwei Stielkasserollen, mindestens drei Töpfe? Und die Teelöffel, mit denen ich die Vanillejoghurts aß, kamen die nicht auch von Kaiser's?

Von meiner Lieblingskassiererin – ich kenne und verehre sie seit Jahren, sie kennt mich und weiß wahrscheinlich, was ich sonst immer kaufe – erfahre ich nicht nur, dass es die gewohnten Produkte nicht mehr geben wird, sondern darüber hinaus, dass dieser unser Kaiser's, in dessen Hülle nun ein Edeka steckt, bald, vielleicht noch in diesem Jahr abgerissen werden soll. Statt des Flachbaus mit der asphaltierten Rampe – die Architektur verrät es, dieses Gebäude stand einst in einem anderen Land und beherbergte eine Ost-Berliner Kaufhalle; Nachbarn, die diesen Kaiser's »Kaufhalle« nennen, wohnen jedoch nur noch sehr wenige hier – soll eine weitere Luxus-Wohnanlage entstehen. Ob sie »Kaiser's Hofgarten« heißen wird?

Zuhause, als ich den kargen Einkauf verstaue, finde ich weit hinten im Kühlschrank einen vergessenen Becher Kaiser's-Naturkind-Vanillejoghurt. Sein Mindesthaltbarkeitsdatum ist schon ein paar Tage überschritten. Ich werde ihn dort stehen lassen. Zur Erinnerung.

2017

P.S. Der Kaiser's-Supermarkt, für mich noch immer Kaiser's, obwohl er zuletzt von Edeka betrieben wurde, war die letzte der Kaufhallen, die vom Ost-Berliner Wohnungsbaukombinat zwischen 1971 und 1980 im Prenzlauer Berg errichtet worden waren. Fast baugleiche Exemplare standen am Teutoburger Platz, Marienburger Straße / Ecke Winsstraße und an der Pappelallee. Heute sind sie alle abgerissen und mit Wohngebäuden überbaut.

Von Matthias Dell weiß ich, dass die kleinkriminellen Jungs aus Thomas Heises Prenzlauer-Berg-Dokumentarfilm *Wozu denn über DIESE LEUTE einen FILM?* um 1976 herum in genau diese Kaufhalle in der Fürstenberger Straße einstiegen, um Alkohol zu klauen, die viel später, erst nach dem Ende der DDR, zu meinem Kaiser's werden sollte. Seinen letzten Öffnungstag hatte dieser Supermarkt im April 2020. Dann rückten die Bagger an.

DIE 69. MALL

Eröffnungsrabatt! Zehn Prozent! Zwanzig Prozent! Fünfundzwanzig Prozent im Drogeriemarkt!

Zettelverteilerinnen reichen gedruckte Reklame an, neben der Eingangstür klemmt ein Handwerker zwei aus der Wand ragende Kabel ab.

Ich wandere hinein in den karamell-orangefarbenen Innenraum der neuen East Side Mall und entdecke, Überraschung, es gibt einen Saturn, einen Elektrofachmarkt, der Flachbildfernseher und Waschmaschinen ausstellt. Ich betrete die nagelneue und schon veraltet wirkende Verkaufsfläche – möchte aber, trotz aller Eröffnungsangebote, lieber keinen Kühlschrank kaufen.

Und ich staune, welche erlesenen und in Berlin sonst nie gesehenen Geschäfte in dieser Mall Filialen eröffnen: Aldi, McPaper, Nordsee, Deichmann, Rewe. Eine Bioladenkette ist auch dabei, die Versorgung ist gesichert, keine Mangelwirtschaft mehr im Osten.

Glücksräder stehen vor einigen Geschäften, die Kunden des Glücks stehen Schlange. Das traurigste Glücksrad dreht sich vor dem Mobilfunkladen im Untergeschoss. Das heißt, es dreht sich nicht einmal, es ist nur eine Animation auf einem hochkant stehenden Monitor und auf diesem nicht einmal ganz zu sehen. Zu gewinnen gibt es, die Schlange ist zwanzig Meter lang, ermäßigte Vertragsverlängerungen und rote Lutscher. Der Kapitalismus hat nichts zu verschenken. Neben den apathisch anstehenden Glücksrittern turnt eine junge Frau in Sportkleidung, sie tanzt, sie hampelt und wirbelt mit einem pfeilförmigen Schild herum. »Macht xuperdrauf« steht auf dem Pfeil, sie wirbt für das neue Fitnessstudio im Haus.

Es ist gar nicht so leicht, in die 69. Mall von Berlin hineinzufinden. Das auffällig bunte, dunkelrot-orange-grau-weiß-gestreifte Gebäude liegt zwar gut sichtbar an der Warschauer Brücke in Friedrichshain-Kreuzberg, doch gibt es von dieser noch keinen direkten Zugang. Junge Menschen weisen mit großen Schildern den Weg über escherhafte Betontreppen unter der Fahrbahn hindurch. Die Polizei ist auch schon da, mehrere Beamte lehnen am Geländer der Brücke. So groß, dass sie eingreifen müssen, ist der Andrang am Eröffnungstag nicht. Es dauert, bis ich verstehe, dass sie bloß das Brückengeländer bewachen, an dem sie so lässig lehnen. Es versperrt den Zugang zu einem neuen, breiten Fußgängerübergang, der direkt ins Obergeschoss des Einkaufszentrums führen würde. Er darf jedoch nicht freigegeben werden, weil eine Öffnung des Geländers den Bestandsschutz des Bauwerks Warschauer Brücke aufheben würde.

Nach dem Zeitalter der »Center« und dem der »Arkaden« (beziehungsweise »Arcaden«) darf eine Mall in Berlin einfach »Mall« heißen. So wie die vor wenigen Jahren durch Gerichtsverfahren um vorenthaltene Bauarbeiterlöhne berühmt gewordene Mall of Berlin und nun die East Side Mall, die sich den anderen Teil ihres Namens von der nahen East Side Gallery geliehen hat.

»Mall«, erzählt mir ein Freund, soll auf Plattdeutsch »albern« oder »verrückt« heißen. Nun kann sich jeder seinen Reim auf diesen Namen machen.

»Hier wie üblich die Fressmeile«, höre ich einen wohlgenährten Blousonträger sagen.

»Och, noch nich allet fertig«, sagt seine Begleitung.

Und sie hat recht: Wie fast überall im Haus sind auch hier – heißt das Soft Opening? – noch Handwerker bei der Arbeit. Bei Zaddy's hängen Drähte aus der Decke, bei Vincent Vegan und Goldene Schnitzel brutzelt es hingegen schon. Es riecht nach Fett – ob die Belüftung funktioniert?

Die niedrigen Raumteiler, die den Bereich mit den Tischen in dunkler Holzoptik von dem Anstehbereich trennen, sehen aus, als wären sie aus Sichtbeton – tatsächlich aber besteht ihre Oberfläche aus folienbeschichteten Platten. Und natürlich sind sie hohl. Mir gefällt, dass wie einst falscher Marmor heute falscher Sichtbeton gemalt wird.

Im Essbereich, der hier »Food Court Mahlzeit« heißt, gibt es eine Fensterfront, die Tageslicht einlässt, und dahinter eine schmale Terrasse mit Tischen und Stühlen. Von diesem Balkon geht der Blick auf die große Mehrzweckhalle, die erst nach einem Mobilfunkanbieter und später nach einem Mobilitätsanbieter benannt wurde. Fast alle, die dort ein Konzert oder eine Sportveranstaltung besuchen wollen, alle Eishockey- und Basketballfans, müssen in Zukunft an der Mall vorbei oder können, wie praktisch, durch sie hindurchmarschieren.

Der Blick fällt weiter auf die einfallslose, schuhkartonartige Bebauung des neu eröffneten Mercedes-Platzes. Ich sehe eine Baucontainersiedlung und das Gelände, auf dem die Berliner Stadtreinigung ihre Schneeräumfahrzeuge abgestellt hat, gleich hinter dem grünen Zaun die Galerie der orangefarbenen Schneeschieberschaufeln. Sie dürfen unter freiem Himmel rosten.

Die Turmspitzen der Oberbaumbrücke ragen ebenfalls ins Bild, die Spree ist nicht zu sehen.

Auf dem Weg hinaus in die frühere innerstädtische Peripherie, ich möchte mir den Mercedes-Platz ansehen, komme ich an drei Jugendlichen vorbei, die mit Besen und Kehrblechen bewaffnet sind. Sie kehren den frisch gepflasterten Vorplatz, sie lachen, einer von ihnen schiebt einen losen Pflasterstein auf seine Kehrschaufel. Neben ihnen fauchen und zischen vier Nebeldüsen und erinnern mit ihrer Dampfmaschinensimulation, wahrscheinlich unbeabsichtigt, daran, dass sich hier mal ein Industriegebiet und der Ostgüterbahnhof befanden.

Neben der nagelneuen und dezent bunten Fassade der East Side Mall sieht die Mercedes-Benz-Arena noch billiger und veralteter aus als am Tag ihrer Eröffnung. Der neue Mercedes-Platz ist trotz seiner Wasserspiele mit aus dem Boden spritzenden Fontänen ein systemgastronomiedekorierter Ort urbaner Hoffnungslosigkeit. Nichts erinnert daran, aber wieso auch, dass hier einst die Lagerhallen standen, in denen sich bis in die frühen Nullerjahre die aufregendsten Clubs der Stadt ausgebreitet hatten, das Ostgut zum Beispiel, ein Stück weiter Richtung Mitte die Maria am Ostbahnhof.

Die Renditebebauung dieses Möchtegern-Markusplatzes, das Wasser der Spree ist nah, sieht aus, als warte sie schon darauf, wieder abgerissen zu werden. Erlöse mich, scheint sie zu flüstern, verschrotte mich einfach, wie ein Auto. Bald. Seit das Land Berlin dem privaten Entwickler dieses Areal überließ, hat der Quadratmeterpreis sich hier etwa versiebzigfacht.

Auf dem Weg zurück zur Mall komme ich mit einem jüngeren sizilianischen Wachmann ins Gespräch. Er trägt einen neongelben Bauhelm, eine neongelbe Weste und eine Brille mit einem dicken schwarzen Rahmen. Und sieht aus wie ein Schauspieler, der sich als Baustellenwachmann verkleidet hat.

Zehn Stunden stehe er jeden Tag hier, er arbeite für eine Zeitarbeitsfirma, die ihn auch schon in Flüchtlingsheimen und auf Festivals eingesetzt habe. Er mache diesen Job wegen der Krankenversicherung, samstags und sonntags verkaufe er geröstete Esskastanien auf dem Boxhagener Platz und dem RAW-Gelände. Und er träume davon, eines Tages ein Café oder eine Pizzabäckerei zu eröffnen.

»Früher gab es hier nur Punks«, sagt er, »früher war hier alles ganz anders.«

Wie lange er in Berlin sei, frage ich ihn. »Seit sieben Jahren«, sagt er, und ich bemerke wieder: Jeder, der länger als vier Wochen in dieser Stadt wohnt, kann schon erzählen, wie es früher hier mal war. Davor. Wie wild, wie aufregend, wie improvisiert. Davon lebt die große Berlinerzählung.

Mir fällt in diesem Moment ein, dass ich im Mai 1990 zum ersten Mal am alten S-Bahnhof Warschauer Straße ausgestiegen bin, um zu Fuß über die damals noch nicht restaurierte Oberbaumbrücke – ihr fehlten die Türmchen und die Hochbahngleise – hinüber nach Kreuzberg zu gehen. Von einer Mall an diesem Ort habe ich damals nicht geträumt.

So, wie sie nun hier gelandet ist, gefällt mir die gestreifte Schachtel der East Side Mall mit ihren abgerundeten Ecken (entworfen vom niederländischen Architekten Ben van Berkel) ausnehmend gut. Die Lamellenfassade erinnert an eine Reptilienhaut und gibt dem Baukörper zugleich etwas Luftiges: Dieser parametrische Kasten möchte eine Skulptur sein und so aussehen, als wäre er aus der Zukunft – und mit seiner Retrofarbgebung zugleich mehr sein als nur eine Schachtel.

Und ich glaube, ich weiß jetzt, woran die große bunte Kiste mich erinnert: Sieht sie nicht aus wie ein gigantischer WLAN-Router? Wie das Ding, aus dem zu Hause das Internet kommt? Das Internet, in dem ich alles einkaufen könnte.

Wozu überhaupt noch Malls? Ich kann doch vom Sofa aus einkaufen. Oder im Bett liegend. Wieso soll ich überhaupt ein Einkaufszentrum besuchen? In Zeiten, in denen ich alles per Telefon ordern kann, brauche ich einen Grund, eine Mall zu betreten.

In mir keimt der Verdacht, dass die schöne neue Mall, durch die ich wieder wandere, ein Museum sein könnte. Ein nagelneues Museum, das seinen Besuchern bloß zeigen und vorführen soll, wie das Einkaufen früher funktionierte, bevor es Lieferdienste gab, die am selben Tag oder innerhalb einer Stunde an der Haustür klingeln.

Wer soll denn, ich schlendere an der heute »wegen technischer Probleme« geschlossenen Post vorbei, in dieser Mall einkaufen, wenn die zum Eröffnungstag angelockten Umlandbewohner nicht mehr kommen? Touristen? Kreuzberger, die über die Oberbaumbrücke spazieren? Die inexistenten Anwohner des Mercedes-Platzes? Die Umsteiger, die hier von der U-Bahn in die S-Bahn wechseln und umgekehrt? Die Kunden, die sich früher im heute zu einem Betonskelett zurückgebauten Kaufhof am Ostbahnhof versorgten? Alle, die kein Internet haben?

Wir werden sehen. Mall-Jahre sind Hundejahre. Die nur zwei S-Bahnstationen entfernte Alexa-Mall sieht viel älter aus als die elf Jahre, die seit ihrer Eröffnung vergangen sind. Und vielleicht erleben wir es noch, dass aus den 1998 mit großem Tamtam eröffneten Potsdamer Platz Arkaden eine Wärmehalle für neue Wohnungslose wird.

Der schönste Ort der bisher nur zu neunzig Prozent vermieteten East Side Mall ist das obere Parkdeck: freie Sicht, Luft und Sonne auf dem Dach. Am Eröffnungstag gegen halb zwölf stehen nur wenige Autos dort, die meisten mit Zwei- und Drei-Buchstaben-Kennzeichen. Hier könnte ein Dachgarten sein, eine Bar – stattdessen stapfe ich über dilettantisch gepinselte Linien, die weißumrahmte Parkplatzrechtecke auf den Betonboden malen. Schade.

Was mir noch gefällt, während ich durch diese im Vergleich eher bescheidene Mall spaziere – İstinye Park in Istanbul ist viermal so groß, Westfield London hat fast zehnmal so viel Verkaufsfläche: Im Untergeschoss kann ich beobachten, wie die Folie von einer Palette fabrikneuer roter Rewe-Einkaufskörbe gezogen wird. Bräuchte ich etwas, ich könnte mit einem jungfräulichen Korb einkaufen gehen. Schutzfolie klebt an einigen Stellen auch noch über dem Handlauf des Luftraumgeländers. Und am Vormittag stehen die silbernen Mülleimer wie Pinguine in einer Kolonie zusammen im Erdgeschoss. Gegen Mittag haben sie sich verteilt. Und mir gefallen die schwarzen, wohl mit Sand gefüllten Plastiksäcke mit East-Side-Schriftzug. Sie hindern die vergeblich an ihnen zerrenden Gasluftballons daran davonzufliegen.

Um zwanzig vor zwölf, endlich ist es so voll geworden, wie das Mall-Management sich das wohl zur Eröffnung gewünscht hat, ertönt auf einmal Alarm. Alle Besucher und Angestellten sollen das Gebäude verlassen.

»Es könnte ein Feuer ausgebrochen sein«, heißt es. Die Läden schließen. »Wo ist der Sammelpunkt?«

»Warum sagen sie nicht durch, was los ist?«

»Jetzt kommt echt die Feuerwehr.«

Panik bricht keine aus, während beeindruckend viele Menschen Richtung Ausgang strömen. So viele Personen passen in diese Schachtel?

Niemand weiß nichts Genaues, es folgt keine Durchsage, irgendwie ahnen alle schon, dass es sich um einen Fehlalarm handelt.

Ich gehe mit bis zu den Türen, die zur Warschauer Brücke führen, bleibe dann aber, es kümmert niemanden, im Gebäude zurück. Schon immer wollte ich einmal ganz allein in einer Mall sein. Und für drei oder vier Minuten stehe ich tatsächlich fast allein mit einer jungen Gutscheinverteilerin und zwei Männern in gelben Warnwesten auf dem Gang und schaue in die Gesichter der aus dem Einkaufsparadies Vertriebenen. Mehrere Hundert, vielleicht sind es sogar Tausend warten sehnsüchtig auf der anderen Seite der Glastüren. Wie die Untoten in George A. Romeros *Dawn of the Dead* wollen sie wieder hinein in die Mall, zurück an den Ort, der ihnen vielleicht nicht immer im Leben, jetzt, heute aber der wichtigste ist.

2018

ERLÖSUNGSSPIEL AM ROSENTHALER PLATZ

2. März 2016, 13.47 Uhr

Ich stehe am Rosenthaler Platz, als ob ich verabredet wäre. Als würde ich auf jemanden warten. Ich warte, ich weiß nur noch nicht, auf wen.

12. März 2016, 15.12 Uhr

Ein Mann umarmt die Litfaßsäule vor der Apotheke, eine Straßenbahn kommt den Weinbergsweg herunter, hält an, eine Frau, sie hat eine braune Brötchentüte in der Hand, überquert die Straße, bleibt kurz vor der Bordsteinkante stehen, bückt sich und hebt etwas auf. Eine Münze?

1. April 2016, 12.04 Uhr

So viele Sonnenbrillen heute, so plötzlich. Eine sitzt auf der weißen Bierbank vor dem Zeitschriftenladen und macht sich Notizen. »Wenn du dich nicht bewegst, dann geht's nicht«, sagt eine Frau, sie spricht mit ihrem Mann. Eine Straßenbahn kreuzt den Rosenthaler Platz. Es rumpelt.

14. September 2016, 19.08 Uhr

Immer, wenn ich hier sitze, weiß ich wieder, wozu ich da bin.

12. Juli 2017, 13.02 Uhr

Eine Frau und ein Mann unterhalten sich auf Polnisch, Regen fällt, ein Auto fährt, wo nur die Straßenbahn fahren darf, jetzt steht es hilflos vor der Kreuzung. Zwei fast gleich große hellblonde Frauen, beide in Ostfriesennerzen, steigen die Treppe zum U-Bahnhof hinunter, hinter ihnen ein Mann mit Vollbart, der einen pinkfarbenen Schirm zusammenfaltet. Rollkoffer rattern im Regen noch lauter als sonst. Im Haltestellen-Wartehäuschen sitzt eine Chinesin in Shorts, sie hat sich ein kariertes Plaid über die Schultern geworfen.

2. August 2017, 14.27 Uhr

»Das solltest du von deinem Freund schon wissen«, sagt eine Frau, ein Mann trägt einen Notebook-Karton über den Gehweg, die Straßenbahn lässt ihr Abfahrtssignal ertönen, die Sonne scheint durch die Wolken. Ein türkisfarbenes Kleid rollt vorbei, gleich dahinter ein luftiges Schwarzes. Wie war das früher als Wildbeuter in der Steppe, als Eiszeitjägerin, immer die gleichen Menschen sehen und bloß ein- oder zweimal im Jahr oder im Leben Fremde? Das ist die eigentliche Errungenschaft der Stadt: dass sie so viele Möglichkeiten der Begegnung bietet. So viele, die vorübergehen, jeden Tag. »Mein guter DHL-Mann ist im Urlaub«, sagt die Frau, die aus dem Zeitschriftenladen tritt, »ich kann ihn nicht anrufen und fragen, wo das Paket bleibt«.

29. August 2017, 12.08 Uhr

Die Blätter der Bäume sind dunkelgrün, ein warmer Wind bewegt sie hin und her. In den letzten drei Minuten sind zwei Fjällräven-Kånken-Rucksäcke vorbeigetragen worden, eine Frau, die Madonna Lactans vom Rosenthaler Platz, sitzt auf einer der Drahtbänke und stillt ihr Kind.

1. September 2017, 15.20 Uhr

Vor dem Rosenback-Kiosk steht eine größere Gruppe jüngerer Frauen und Männer beisammen, sie tragen Vintage-Abendkleider und -Anzüge zu Turnschuhen, fast alle haben Bierflaschen in der Hand. Eine in einem weißen Kleid beginnt Brezeln aus einem Pappkarton in die Menge zu werfen, Gelächter, ein Mann mit roter Fliege überm grünen Hemd hält eine kurze Rede, vielleicht auf Englisch, auf der anderen Straßenseite ist wenig zu verstehen, vier Gäste filmen. Applaus, als die Frau im weißen Kleid und der Mann sich küssen.

11. September 2017, 17.17 Uhr

»Besoffen ist nichts für mich«, sagt eine Mädchenstimme, »besoffen fühlt sich voll eklig an«, eine Frau steigt vom Rad. »Es gab nichts zu essen, weil ihre Mutter war noch in Polen, dabei soll man ja was essen zum Trinken«, die Frau, die vom Rad gestiegen ist, scheint ihren Fahrradschlüssel zu suchen, sie hält ihr schweres Bügelschloss in der Hand. »Ich wollte kotzen, aber ich konnte nicht kotzen.« »Man soll Wasser trinken«, sagt eine zweite Stimme, »und dann haben wir Zigaretten geraucht, und ich so: Zigaretten abschaffen, ich wollte nur kotzen und konnte nicht«, der Frau, sie trägt ein kurzes rotes Kleid, fällt das Schloss herunter, eine Taube fliegt auf.

29. September 2017, 16.48 Uhr

Ein Rettungswagen biegt mit Blaulicht in den Weinbergsweg, am Kiosk steigen zwei Foodora-Boten gleichzeitig vom Rad, der eine kniet nieder und prüft die Speichen seines Hinterrads, neben ihm glitzert eine plattgetretene Capri-Sonne auf der Gehwegplatte. Ein älterer Jogger in T-Shirt und kurzer Hose hüpft vorbei, eine etwa fünfzig Jahre alte Frau – verwittertes Gesicht, das blondierte Haar zu zwei Zöpfen geflochten, eine noch nicht brennende Zigarette zwischen den Lippen – setzt sich auf eine Bierbank und öffnet eine kleine Flasche Weinbrand der Marke Protegé; sie zittert, das Feuerzeug fällt ihr aus der Hand.

30. September 2017, 16.45 Uhr

Ein Mann, Metallrahmenbrille und Bart, steht im Bademantel auf der Straße, dicke weiße Wollsocken und Pantoffeln an den Füßen, er beißt in einen Döner, das Telefon hat er in der anderen Hand. Aus seiner ausgebeulten Bademanteltasche, dort muss ein gekoppelter Bluetooth-Lautsprecher stecken, plärrt *Big in Japan*, bis plötzlich ein Anrufzeichen ertönt. Der Bademantelmann nimmt das Gespräch an, es meldet sich, der Rosenthaler Platz hört mit, eine weibliche Stimme, sie spricht mit russischem Akzent.

29. November 2017, 13.59 Uhr

Zwei Handwerker stehen rauchend vor dem Schaufenster der Back-Factory und unterhalten sich über Panoramakabinen auf der Aida, wie viel eine Kreuzfahrt kostet, mit Balkon oder ohne, und für welche Häfen welche Seite des Schiffs die bessere ist. Eine Frau in weißem Pelz- oder Kunstpelzmantel, weißer knöchelfreier Hose, mit weißem Schal um den Hals und weißer Sonnenbrille im silberweißen Haar führt einen West Highland White Terrier über den Asphalt. An einer weißen Leine. »Heimat neu entdecken« lese ich auf der Plastiktüte eines Mannes mit blau-weiß gestreifter Mütze, hinter ihm ein junger Mann mit Dreadlocks, er trägt ein Paket. Eine Frau spricht in ihre Freisprecheinrichtung, sie zählt Symptome auf, »Rückenschmerzen, Bauchweh, mir tut einfach alles weh«, vor dem U-Bahneingang hat sich eine kleine Menschentraube gebildet. Eine Frau stapft in weißen Moon Boots und roten Totenkopf-Leggings über die Straße, auf den Fersen ihrer Stiefel steht tatsächlich »Moon Boots«, in Astro-Typo geschrieben. »Einen schönen Feierabend wünsche ich«, verabschieden die Aida-Handwerker sich, ein Mann sitzt mit einem leeren Bierkasten an der Haltestelle.

4. Januar 2018, 13.22 Uhr

Worauf ich warte? Es ist ein Spiel, ich nenne es das Erlösungsspiel. Es spielt sich ganz leicht: Ich muss hier nur so lange bleiben, bis ich jemanden sehe, der mich kennt und grüßt. Keine Minute länger.

10. Januar 2018, 13.10 Uhr

Komm bitte, komm doch bitte. Ich sitze hier, erlöse mich. Komm und erlöse mich! Es ist so kalt.

2. Februar 2018, 11.31 Uhr

Ein DHL-Mann wirft die Tür seines Lieferwagens zu, sie verriegelt sich, als er auf den Schlüssel in seiner Hosentasche drückt. »Hinweise sieht man halt, ja, ich weiß«, höre ich, helle Sonne heute, klarer Tag. Kalt. Ein Deliveroo-Bote trägt sein Fahrrad die U-Bahn-Treppe hinauf, er grüßt eine Foodora-Frau, eine Tram fährt ab, eine zweite kommt, eine

Brötchentüte knistert, »anderer Lebensabschnitt, ein Partner, das ist die Rettung«, ein Mann mit Pudelmütze hat einen braunlasierten Holzstuhl auf dem Rücken, »du musst dein Beziehungskonzept anpassen, die Frage ist dann halt«, ein Mann in blauer Jogginghose ruft einen Dalmatiner »Leo«, »eine erwachsene Beziehung führen, zusammenziehen, er arbeitet«, eine Joggerin in schwarzen Lauftights, die Wangen errötet, atmet schwer, »aber ich habe auch meine Crazy-Momente, so einfach bin ich nicht«.

2. März 2018, 16.17 Uhr

Eine blonde, hochschwangere Frau kommt in einem dunkelblauen Mantel aus der Apotheke, ein Mann verschwindet mit einem gefalteten Umzugskarton unter dem Arm im U-Bahneingang, er geht an der Bettlerin vorbei, die heute hinter einem zerknitterten Pappbecher auf dem Boden kauert, ein Zementwagen steht auf dem Platz, möchte abbiegen, seine Trommel dreht sich.

5. März 2018, 17.04 Uhr

Wie unterschiedlich Menschen gehen. Ist es nicht ein Wunder, dass sie sich so aufrecht halten und dabei vorwärtskommen? Warum fallen sie nicht um? Und keiner bewegt sich wie der andere, jeder geht anders. Hier ist die Bühne, hier ist Theater, hier treten sie auf, die Schauspieler des Daseins, sie führen vor, das ganze Leben.

6. März 2018, 19 Uhr

Ich wundere mich, dass ich noch da bin. Dass wir noch da sind. Dass ich schon wieder hier bin. Der einbeinige Rollstuhlmann schiebt sich vorbei und ruft »ein bisschen Scheiße an der Seite, du Schwanzlutscher, du Wichser«.

12. April 2018, 14.55 Uhr

Saharawind bringt Sand, in der Sonne ist es warm, die knospenden Bäume schimmern hellgrün. Eine Frau und ein Mann in Jeansweste unterhalten sich auf Georgisch, die Frau, kurzes, dunkles Haar und dunkle Augen, hat keine Jacke an. Sie lächelt. Eine Foodora-Botin, ihr Helm hat die gleiche Himbeerfarbe wie die Box auf ihrem Rücken, steigt vom Rad, der Rückenkasten, ihr Ranzen, das Bündel, das sie tragen muss, hat fast die Ausmaße eines Backofens – es kann nicht so leicht sein, sich damit zu bewegen. Eine Frau in einer weißen Windjacke, rot-blonder Pferdeschwanz, lacht laut auf, die Bahn kommt und kommt nicht durch, ein Auto steht auf den Schienen. Ein sehr kleiner Hund geht angeleint neben einer Frau, die einen Kinderwagen schiebt, sie trägt einen rot-pinkfarbenen Rock, auberginefarbene Nike-Sneaker und eine Wildledertasche mit Fransen, sie schaut auf, sieht mich und winkt.

20. Mai 2018, 1.41 Uhr

Die Nachtigall singt. Und ich dachte schon, sie wäre verschwunden. Nun höre ich sie wieder.

30. Mai 2018, 21.45 Uhr

Ein Tetra Pak Durstlöscher und eine leere Bierflasche stehen auf dem Verteilerkasten, dessen Werbefläche schnelleres Internet verspricht. Wind weht ein Stück Alufolie über den Asphalt, die Lindenbäume duften, Vogelzwitschern dringt durch das Bierbankgemurmel, ein Italiener, Sonnenbrille im offenen weißen Hemd, brüllt in seine Freisprechanlage, neben ihm trinkt ein Mann, sein Bauch wölbt ein Deutschland-T-Shirt, ein Efes. Eine Leihfahrradfahrerin rollt in einem langen weißen Kleid den Barnimabhang herunter, blaue Stunde, der Rosenthaler Platz leuchtet, die Straßenbahn bremst, Türen öffnen sich, das Abfahrtssignal ertönt. Wieder eine Fahrradfahrerin ohne Licht, ein Mann mit Haarkranz springt zur Seite, die Straßenbahn klingelt. Die Bierflasche ist vom Verteilerkasten verschwunden. Den oder die Pfandsammlerin habe ich nicht bemerkt.

4. Juli 2018, 22.59 Uhr

Ist hier nicht der Platz, an dem du vorbeikommen müsstest? Stehe ich deshalb hier? Steigst du vom Berg herab? Kommst du aus der Unterwelt oder vom Himmel hoch? Landet dein Hubschrauber?

25. Juli 2018, 11.39 Uhr

Ein Plakatkleber hält an, sein Fahrrad zieht einen Anhänger, auf dem ein Leimeimer mit Pinseln und Behälter mit gerollten, noch zu klebenden Plakaten stehen. Vormittagstrinker im milden Licht vor dem Rosen-Kiosk, zwei Sonnenbrillen gehen vorbei, und ich weiß schon, eines Tages werde ich für immer hier sitzen bleiben.

26. Juli 2018, 7.22 Uhr

Sitze ich schon wieder hier? Immer noch? Kann sein. Selber Platz wie gestern. Es ist warm. Warm genug.

29. Juli 2018, 11.04 Uhr

Eine Frau in Hotpants, sie hat Riesentattoos auf Schien- und Wadenbeinen, trägt eine Geranie vorbei, ein Werbeaufkleber glänzt auf dem Blumentopf. Hinter ihr spricht eine Koreanerin in ihr iPhone, sie hält es waagerecht vor ihre Lippen, sieht aus, als beiße sie in eine Tafel Schokolade. Wieder eine Frau mit einer Geranie – wo werden die verschenkt? Ein Mann in einem schwarzen Kurzarmhemd mit weißem Priesterkragen hat keine Geranie in der Hand, neben ihm eine jüngere Frau, die, warum nur, es ist so heiß, in einer neongelben gefütterten Winterjacke steckt.

30. Juli 2018, 23.45 Uhr

Hoch oben im vierten Stock des Circus-Hostel hängen drei Wäschestücke im Fenster, ein T-Shirt, eine Bluse und ein Soft-BH – die Fenster sehe ich zum ersten Mal. Die Straßenbahn hält, sie ist fast leer, die Türen öffnen sich, ein mittelaltes, bieder gekleidetes Touristenpaar steigt ein und lässt zwei Bierflaschen auf der Drahtgitterbank zurück. Zwanzig Sekunden später hat der Mann, der zurzeit mit Matratze im Wartehäuschen wohnt, sie schon geschnappt. »Hör auf, sie zu verteidigen«, höre ich eine Siebzehn- oder Achtzehnjährige sagen, ungeübt auf viel zu hohen Absätzen unterwegs, Flaschen klirren, tropische Nacht.

3. November 2018, 15.02 Uhr

Die knochigen Äste der Bäume sind wieder sichtbar. Ein Mann trägt ein Baby im Tuch vor der Brust, die Frau daneben schiebt den leeren Kinderwagen. Ein Spatz fliegt gegen die Schaufensterscheibe der Back-Factory und bleibt benommen liegen, setzt sich auf, bewegt sich nicht, verharrt in Starre, zwei, drei, vier Minuten, keine Katze kommt. Und fliegt plötzlich wieder, auf und davon.

7. November 2018, 14.44 Uhr

Eine ältere Frau überquert die Brunnenstraße, sie stützt sich auf einen Rollator. Ein Mann mit Vollbart, er trägt riesige graue Wollhandschuhe und eine rote Mütze zu einem weißen T-Shirt, wankt über den Weinbergsweg, eine Flasche Bier in der Hand, eine zweite unter dem Arm. »Bäckerei Kiosk Cash 23h« sammelt nun Unterschriften, um Bierbänke und Tische weiterhin nach zweiundzwanzig Uhr draußen stehen lassen zu dürfen. Schülerinnen, dreizehn oder vierzehn Jahre alt, ein ganzer Pulk, gehen vorbei. Eine Frau, sie trägt ein gelbes T-Shirt über einem dunklen Pullover, ihre Jacke steht offen, brüllt in ihr Telefon, ein Mädchen, höchstens zehn, fährt auf einem Alu-Tretroller vorbei, eine Frau in einem auffällig blau-schwarz gemusterten Wollmantel sagt etwas auf Arabisch, wieder biegt ein Rettungswagen in den Weinbergsweg ein, die Sonne sinkt hinter ein Torstraßenhaus.

2019

GARTENJAHRE

1

Im Frühjahr und Frühsommer ist immerzu von ihm die Rede, später im Jahr flaut das Interesse meist ab. Vom Garten wird jahreszeitenabhängig geschwärmt. Im Winter ist er fast vergessen.

Unserer liegt vor Berlin, im Umland. In einer früheren Sommerhaussiedlung. Es ist ein schöner Garten. Fast tausend Quadratmeter groß. Ein Grundstück, auf dem mehrere Kiefern, ein ausgewachsener Ahornbaum, eine hohe Birke, eine Eiche, eine Buche, viele Fliederbüsche, Haselnusssträucher und einige Obstbäume stehen. Dazwischen ein schwedenrotes Sommerhaus. Eine Datsche. Ein Traum eigentlich.

2

Das allererste Mal sind Thomas und ich mit seiner damaligen Freundin und deren Freundin Judith dort gewesen. Die beiden Frauen hatten den Garten aufgetan; wir bewarben uns um die Nachfolge als Pächter bei dem älteren Ost-Berliner Ehepaar, die ihn seit den sechziger Jahren genutzt hatten. Beide waren ehemalige Mitarbeiter des Ministeriums für Auswärtige Angelegenheiten der DDR gewesen, wie sie uns erzählten. Thomas' Freundin stammte aus Frankfurt an der Oder, sie kannte die Ost-Codes und wusste ihnen zu schmeicheln. Und Judith hatte sie sich angeeignet. Die beiden Frauen bezirzten das ältere Paar. Uns hatten sie eingeschärft, auf jeden Fall die Klappe zu halten. Um ja nicht zu verraten, dass wir Wessis waren.

Das Manöver glückte, wir erhielten den Zuschlag und durften den Garten übernehmen. Thomas zahlte Abstand und wurde alleiniger Pächter. Judith überlegte es sich bald anders und war, wenn überhaupt, nur noch zwei- oder dreimal im Garten. Sie und Thomas' Freundin verkrachten sich, weil letztere sich in Judiths sehr erfolgreichen Büchern nicht so dargestellt wiedererkannte, wie sie selbst es sich gewünscht hätte. Es ist halt nicht ungefährlich, mit einer Schriftstellerin oder einem Schriftsteller befreundet zu sein.

3

Er liegt in Rangsdorf, ein kleines Stück südlich des Berliner Rings. Bis zum Mauerbau fuhr die S-Bahn dorthin, heute halten die Regional-Express-Linien 5 und 7. Vom Bahnhof ist es nur ein kurzer Fußmarsch in den Garten, den unsere Vorgänger fast vierzig Sommer gepachtet hatten.

All das, was sich in diesen Jahrzehnten angesammelt hatte, lag und stapelte sich im Sommerhaus und in dem gar nicht kleinen, aus Asbestzementplatten errichteten Gartengeräteschuppen. So viel Zeug. Verrostetes Werkzeug, antike

Mistgabeln, Rechen und Harken. Vorkriegs- und DDR-Gartengeräte, aber nichts aus Kunststoff oder was Thomas und mir aus unseren westdeutschen Gartenkindheiten vertraut gewesen wäre.

Wir begriffen, was wir alles kaufen konnten. Garten als Konsumgelegenheit. Wir kauften neue Harken, neue Rechen, Schaufeln und einen neuen Rasenmäher. Wir kauften Gartenscheren, Gartenschläuche, Schlauchkupplungen, Schlauchtrommeln, Rasensprenger, Gießkannen, Gartenduschen, neue Gartenliegen (aus Kunststoff), Klappstühle (aus Kunststoff), Sonnenschirme, Gartenschuhe, Gartenhandschuhe. All die neuen Gartengeräte verteilten sich wie eine neue Sedimentschicht über die älteren. Bald hatten wir alles zwei- oder dreifach. Wir kauften neue Herdplatten, Verlängerungskabel, Solarlampen und einen künstlichen hohlen Stein aus Kunststoff, in dem, ach, wie raffiniert, der Schlüssel für die Hütte versteckt wurde.

Die diversen, nicht weit von der Autobahnabfahrt entfernten Bau- und Gartenmärkte waren unsere Paradiese. Und wir arbeiteten hart daran, unseren Garten in eine ihrer Filialen zu verwandeln.

4

Der Garten war damals ein Kindergarten. Unsere Kinder waren noch klein und der Garten der Ort, um Zeit mit ihnen zu verbringen. Und, machen wir uns nichts vor, der Ort, um die Zeit mit ihnen herumzubringen. Sie beschäftigten sich dort so gut. Auch mit sich selbst. Sie spielten, so wie wir auch.

Gleich im ersten Frühjahr montierten wir in einer konzertierten Aktion mit vielen Helfer*innen – Schwester und Schwager kamen nun auch immer öfter in den Garten – ein größenwahnsinniges Klettergerüst. Es bestand aus einem Holzturm mit integrierter Sandkiste, einer Schaukel, einem Kletternetz, einer Kletterwand, einer Reckstange und einer hellblauen, sanft geschwungenen Kunststoffrutsche. Neun Pfähle mussten wir einzementieren. Wir fühlten uns wie unsere Großväter beim Westwallbau.

Später erst wurde uns klar, dass wir dieses Kindheitsmonument, an dem sich auch ein Basketballkorb, ein dickes Tau mit Knoten und ein Boxsack befanden, für uns selbst errichtet hatten. Für die kleinen Jungen in uns. Wunscherfüllung, so viele Jahre später.

Weniger aufwendig waren die Vorbereitungen, wenn wir Federball oder Volleyball spielen wollten. Wir mussten bloß ein Netz oder eine Schnur zwischen zwei Obstbäumen spannen. Und um Tischtennis zu spielen, bloß die Platte aus dem Schuppen herausmanövrieren und aufklappen.

Wir fingen an, ein Haus im Ahornbaum zu bauen, ziemlich weit oben, Strickleiter bis zur ersten Astgabelung, danach musste frei weitergeklettert werden. Aus dem Baumhaus, es wackelte ein wenig, bot sich eine gute Aussicht auf die nahe Bahnlinie und die umliegenden Gärten. Die links und rechts unseres Grundstücks waren schon mit Einfamilienhäusern bebaut. Eines Tages, Jahre später, kam ein

Bauminspektor der Gemeinde Rangsdorf, und sagte, wir müssten unser Baumhaus entfernen, Schwarzbauten in Bäumen seien in Deutschland nicht erlaubt.

Die Datsche wurde zu einem Arsenal und füllte sich mit Nerf-Blastern und Nerf-Munition, die wir in Zinkeimern bunkerten. Wie viele der grellbunten Plastikpistolen und -gewehre hatten und haben wir noch immer? Wir spielten historische Schlachten nach – Jena! Großbeeren! Berlin! – und beschossen uns über Stunden mit den von unseren Spielzeugwaffen abgefeuerten Schaumstoffpfeilen. Es machte wahnsinnigen Spaß, sich zu beballern. Vom Ahornbaum herab, aus dem Kletterturm, vom Dach der Hütte, aus der Deckung der Fliederbüsche heraus oder vom Komposthaufen. Zeitweilig lagen mehr der gelb-roten und gelb-blauen Schaumgeschosse im Garten herum, als Blumen blühten. Pädagogisch und ökologisch war es sicherlich zweifelhaft, uns aus Plastikmaschinenpistolen und -gewehren (teils mit elektrischer Schnellfeuerung) zu beschießen, aber unsere Kinder waren so einmal der Holzspielzeughölle Prenzlauer Berg entkommen. Und ich freute mich immer ein bisschen, wenn ich sah, wie sehr meine Tomboy-Tochter das Kriegsspiel liebte.

Das mit dem Kriegsspiel steigerte sich in dem Sommer, als sie alle *Tribute von Panem*-Bücher gelesen und den ersten der *Hunger Games*-Filme gesehen hatte. Nun besaß die Zwölfjährige nicht nur eine Zwille, sondern auch einen Bogen, der fast so groß wie sie selbst war. Und verschoss Pfeile, die tief in der Hüttenwand und im Holz des Kletterturms stecken blieben. Sie zielte auf alles, was sich bewegte. Und schließlich fand sich in den Tiefen des Asbestschuppens sogar ein uraltes Luftgewehr.

Die Kinder wollten ein Trampolin, also stand bald ein großer runder Hopskäfig mit Netzwand im Garten. Das Trampolin steht noch immer dort, wo einst, lange vor dem Krieg vermutlich (die großzügigen Grundstücke wurden 1928 parzelliert) ein Stellplatz für ein Auto angelegt worden war. Als wir den Garten übernahmen, war das Tor schon so verrostet, dass es sich nicht mehr öffnen ließ. Heute ist es in die Hecke eingewachsen.

In den ersten Sommern gab es ein Planschbecken, dann zwei, später drei. Und noch später einen großen Aufstellpool, drei mal fünf Meter. Von da an hatte auch unser Garten eines dieser blauen Rechtecke, von denen beim Landeflug auf Berlin immer so erstaunlich viele zu sehen sind. Im Herbst muss das Wasser abgelassen und die Seitenwände abgebaut werden. Eine Arbeit, vor der ich mich gern drücke.

5

Thomas hingegen arbeitete immer, hatte stets etwas zu tun. Er musste gießen, spritzen, pflanzen, graben, schneiden oder wässern, während ich ihm aus dem Liegestuhl zurief: »Otium, Thomas! Kein Negotium!«

»Es gibt hier aber keine Sklaven, die die Arbeit für uns erledigen, wie auf einem römischen Landgut der Antike.«

»Sieht aus, als ob du dich zum Sklaven deines Gartens machst. Dabei sollte er doch ein Ort der Erholung sein, nicht ständiger Geschäftigkeit.«

»Ach was, diese Arbeit ist meine Erholung«, sagte Thomas. Auch seinen Computer hatte er immer dabei. In der Hütte gab es bald Monitore, Headsets, Lautsprecher und alles, was nötig war, um seine Geschäfte aus dem Garten zu steuern. Und das lange bevor Homeoffice eine Zwangsmaßnahme wurde. Thomas sprach immer von seinem Büro in den Blumen.

Den Blumen seines Blumenbüros errichtete er bald ein gar nicht kleines Foliengewächshaus, in dem er Samen keimen ließ, Stecklinge zog und blühenden Nachwuchs züchtete. Und hin und wieder auch die ein oder andere illegale Pflanze.

Während seines ununterbrochenen Umherwuselns kochte ich Kaffee und las die Zeitung, deren Bücher der Wind zerzauste, und lauschte, dann war Samstagnachmittag, der Bundesliga-Schlusskonferenz. In den ersten Jahren bei schlechtem Empfang über UKW, später digital.

Irgendwann erhob ich mich und fuhr mit zwei oder drei Kindern, mit der Freundin, der Schwester oder wer auch immer mit im Garten war, die Besetzung wechselte, zum Einkaufen in den Bau- und Gartenmarkt, zum Discounter oder zu Edeka. Grillkohle brauchten wir immer. Jedes Wochenende. Wir brauchten Grillkohle, Grillfleisch, Grillkäse, Rostbratwürstchen, vegetarische Würstchen, Brot und Gemüse. Können wir nicht die Kiefernzapfen verbrennen?

Offenes Feuer war und ist verboten, Waldbrandgefahr. »Bring auch Gartenerde mit«, rief Thomas jedes Mal.

Solange ich ein Auto hatte, fuhren wir mit dem Auto, später mit den Fahrrädern. Es gab die alten, von den Vorpächtern überkommenen Mifa-Räder und neuere Billo-Mountainbikes, die in der Asbesthütte vor sich hin rosteten und Fahrradanhänger ziehen konnten. Wir hatten zwei. Ein schweres, breitbereiftes DDR-Gefährt und einen geschlossenen Leichtanhänger, in dem ein Kind hätte sitzen können. Mit diesen abenteuerlichen Anhängern hatten Thomas und der Schwager in einem Jahr sogar die langen Rollen Dachpappe und die Teer-Eimer transportiert, die sie brauchten, um das Dach des Sommerhauses abzudichten. Auch eine der Arbeiten, vor der ich mich erfolgreich hatte drücken können. »Ich beobachte das alles lieber aus sicherer Entfernung, als auf dem Dach herumzuturnen«, sagte ich. »Und passe gut auf. Und merke mir alles, damit ich später davon erzählen kann.« Thomas schoss, vom Dach herab, ein paar Nerf-Darts in meine Richtung.

6

Hin und wieder konnten wir Ruhe im Garten genießen. Meist aber haben die Kinder irgendetwas gehämmert, gesägt, herumgetobt oder sich gestritten. Oder die Nachbarn mussten ausgerechnet am Wochenende ihren Rasen mähen. Dabei wohnten sie doch dauerhaft auf ihren Grundstücken und hätten das an jedem Tag der Woche erledigen können.

Oder sie feierten Geburtstag, schön laut. Und dann fuhr jede Viertelstunde ein Zug vorbei, eine Regionalbahn oder ein donnernder Güterzug. Die Schallschutzwand, die zwei Grundstücke weiter errichtet wurde, als die Strecke für die neue Dresdner Bahn ausgebaut wurde, dämpfte den Lärm dann zwar, zu hören waren die Züge trotzdem. Die Schallschutzwand half leider auch nicht gegen die andere Plage, die den Garten in manchen feuchten Jahren ab Juni fast unbesuchbar machte: Stechmücken, denen sich in den umliegenden Sümpfen, Tümpeln und dem verlandenden Rangsdorfer See ideale Brutgebiete bieten. Hunderttausende Mücken schienen nur ein Ziel zu haben: unseren Garten und unser süßes Blut. Stechmücken, gegen die kein Spray und kein anderes Anti-Mückenmittel half. Nicht das teure Anti-Brumm aus der Schweiz, nicht die günstigeren aus dem Drogeriemarkt, weder die Hausmittel noch die biologischen Mückenöle. Egal, wie oft und womit wir uns einsprühten oder einrieben, gestochen wurden wir trotzdem. Ja, Thomas und ich gerieten einmal sogar in den Verdacht, die Kinder misshandelt zu haben, solche Schwellungen hatten sie von Mückenstichen im Gesicht und an den Beinen.

Seltsamerweise sind wir nicht einmal im heißesten Sommer zum Rangsdorfer See gefahren, um dort zu baden. Obwohl es am Ende der Seebadallee sogar ein Seebad gibt. Einmal im Garten angekommen, blieben wir im Garten. Unter den Bäumen. Ich im Liegestuhl, Thomas meist beim Kompost, dem er sehr viel Liebe und Fürsorge schenkte. Seinetwegen kam er so oft in den Garten. Ja, der Haufen zwischen der Rückwand der Asbesthütte und dem Nachbargartenschuppen war ihm wie ein Kind. Er wuchs höher und höher und in die Breite, um dann wieder zu schrumpfen, weil Thomas die mehrfach umgegrabene frische Komposterde dort verteilte, wo die Pflanzen Muttererde am dringendsten brauchten. Eigentlich überall, denn unser Brandenburger Grund und Boden bestand bis auf eine sehr dünne Humusschicht bloß aus märkischem Sand. Unser Garten liegt in der großen Streusandbüchse.

Der Maître de Compost, wie wir Thomas nannten, ging dagegen an. Immer wieder grub der Herr Compostiteur seinen Haufen um und wies uns an, ja, bettelte darum, nur noch auf den Komposthaufen zu pinkeln, obwohl es im Sommerhaus eine Toilette gab. Urin, sagte er, rege die Kompostierung an, Urin, er nannte es »Goldwasser«, sei überhaupt bester Naturdünger und enthalte Kalium, Magnesium und viel Stickstoff. Er impfte den Kompost, streute Kompostbeschleuniger, und ich habe den Verdacht, dass manches nur gekauft, geschnitten oder gekocht wurde, um anschließend auf dem Kompost zu landen.

7

Der Garten war unser Kindergarten – bis die Kinder eines Sommers keine Lust mehr auf ihn hatten. Die Kletterwand war da schon ein wenig verwittert. Die Kinder wollten nicht mehr schaukeln, nicht mehr auf Bäume klettern, Basketball spielen (zumindest nicht mit uns) und später im Jahr kein

Laub mehr rechen. Plötzlich, und im Rückblick ist das sehr schnell passiert, wollten sie keine Zeit mehr mit ihren Vätern verbringen. Ach, so fühlt sich das an! Nun merkten wir es selbst. Hätten wir das doch schon gewusst, damals, als wir unsere eigenen Eltern zu ignorieren begannen.

Wir vermissten die Kinder im Garten, ihr Spielzeug lag noch überall herum. Ihre Skateboards zum Beispiel, mit denen sie in Rangsdorf eigentlich nirgendwo fahren konnten, weil die Gehwege nur aus geharktem Sand bestehen und die meisten Straßen nicht asphaltiert, sondern, wenn überhaupt, nur gepflastert sind. Wir Erwachsenen – waren wir überhaupt welche? Ich bin mir noch immer nicht ganz sicher – saßen auf einmal allein im Garten. Ohne Kinder. Aber zum Glück gab es das Internet. Auch dort. Und immer, wenn uns die ganz große Sehnsucht nach unseren Kindern überkommt, können wir uns ein Video ansehen, das Thomas vor etlichen Jahren in das Gedächtnis der Welt von YouTube hochgeladen hat. Es zeigt, in sehr geringer Auflösung, wie er selbst, die noch sehr kleinen Kinder und ich Laub rechen. Wir müssen es in unserem ersten Herbst im Garten aufgenommen haben. Die Kinder stecken in Schneeanzügen und tragen Mützen, sitzen in der Schubkarre oder laufen durch die Laubhaufen. Sie sehen aus wie kleine Zwerge. Gartenzwerge.

Seither sind jedes Jahr neue Blätter an den Bäumen gewachsen und im Herbst wieder herabgefallen. Hat etwas beruhigendes, dieses Werden und Vergehen.

8

Die Freundinnen wechselten, der Garten blieb. Die Bäume wuchsen, der Rasen musste im Sommer jede Woche gemäht werden. Und in einem Jahr, auch eine schöne Beschäftigung, der Ablaufkanal des Sommerhauses aufgegraben werden, weil durstige Baumwurzeln hineingewuchert waren und ihn verstopften.

Unsere Bäume wuchsen so hoch, dass die Nachbarn sich über unsere Birke beschwerten. Sie nehme ihrem Garten das Licht und verschatte ihr Haus, einen einfallslosen Neubau.

Die Nachbarn wurden immer freundlicher, umschmeichelten uns, schenkten den Kindern Schokolade und überredeten Thomas in einem schwachen Moment dazu, unsere schöne alte Birke fällen zu lassen. Sie organisierten und bezahlten, und schon war der Baum abgehackt und zersägt. Ich war sauer, und der Stumpf weinte. Im Frühjahr, Birkenwasser floss in Strömen, wurde er zu einer Quelle. Ein Wunder. Naja, ein halbes Wunder, das irgendwann versiegte. Gießen mussten wir den Garten weiterhin.

9

In all den Jahren habe ich kein einziges Mal im Garten übernachtet. Thomas hingegen schlief oft dort, im Sommer fast jedes Wochenende. Manchmal blieb er tagelang in der Hütte und wiederbelebte so die Tradition des Berliner

Sommerhauswohnens, wie Walter Benjamin es in *Berliner Kindheit um 1900* beschrieben hat.

Ich hingegen, ich konnte nicht anders, wollte nie draußen in Brandenburg bleiben. Ich wollte immer zurück in ein sauberes Bett in der Stadt. Hinter die gefühlte Stadtmauer, auch wenn die in Berlin schon lange nicht mehr steht, es gibt nur noch eine Straße, die nach ihr benannt ist. Trotzdem spüre ich: Stadtluft macht frei. Und sicher. In der Umlandwildnis zwischen Bahnlinien, Baumärkten und Autobahnzubringern fühlte ich mich weniger wohl. Lieber nicht über Nacht in Brandenburg bleiben.

Dass ich nie dort übernachte, liegt aber vielleicht auch daran, dass selten jemand der Gartennutzer*innen so richtig Lust hatte, die Hütte zu putzen. Weshalb sie auch eher selten richtig geputzt wird. Im Frühjahr vielleicht, in einem Anfall von Frühjahrsreinemachen. Später nicht mehr.

10

Erst nach Jahren fragten Thomas und ich uns, wer wohl vor den Vorpächtern, die wir kennengelernt hatten, den Garten genutzt hatte. Die Pacht zahlte Thomas an die Gemeinde; tatsächlich, hieß es dort, seien die Eigentumsverhältnisse des Grundstücks ungeklärt. Was eigentlich nur heißen konnte, dass unser Garten einmal in jüdischen Händen gewesen sein musste. Nachforschungen versandeten. So unschuldig und traumhaft wie zuvor schaute unser Sommerhaus jedoch nicht mehr aus. Architektonisch (Holzbauweise!) unterschied es sich plötzlich gar nicht so sehr von einer der Baracken in einem bestimmten Konzentrationslager südöstlich unseres Gartens. Luftlinie nur 475 Kilometer entfernt. Von nun an saßen wir auch mit schlechtem Gewissen dort.

II

Anfangs sind wir meist mit dem Auto in den Garten gefahren. Einmal quer durch Berlin. Warum hatten Judith und Thomas' Freundin damals keinen Garten im Norden gefunden? Die Anreise wäre einfacher gewesen. So mussten wir vom Prenzlauer Berg zum Hauptbahnhof, durch den Tiergartentunnel, am Gleisdreieck entlang, den Mehringdamm hinauf, über den Platz der Luftbrücke (den Kindern im Auto von Rosinenbombern und vom Flughafen Tempelhof erzählen), über den Tempelhofer Damm und am immer wieder beeindruckenden Backsteinexpressionismus des riesigen Ullsteinhauses vorbei. Kurz vor oder hinter der Trabrennbahn Mariendorf hielten wir manchmal bei Kentucky Fried Chicken und kauften einen Eimer voller panierter Hühnerteile, obwohl oder gerade weil wir wussten, wie falsch und ungesund das war. Die Kinder freuten sich.

Die Fahrt in den Garten, das gefiel mir, war immer auch eine Stadtfahrt. Immer geradeaus, bis zur Stadtgrenze, bis zur Mauer, die nicht mehr stand, aber trotzdem noch sichtbar war. Hinter ihr dann plötzlich das weite, flache, leere Umland. Das unheimliche Brandenburg.

Das Auto, einen Kombi, hatte ich gekauft, weil ich dachte, wer ein Kind hat, muss das Kind und all die Sachen, die es für ein Kind braucht, auch herumkutschieren können. Tatsächlich brauchten wir es am Ende nur noch für die Gartenfahrten und die sich anschließenden Bau- und Gartenmarktausflüge. Das war praktisch, bis ich einsah, wie verlogen es ist, mit einem Auto ins Grüne und die vermeintliche Natur des eigenen Gartens oder Wochenendhauses zu fahren, und das, was man dort sucht, das Grün, mit eben dieser Fahrt ein kleines Stück weiter zu zerstören. Ich sah ein, dass Autofahren an sich falsch und moralisch schlecht ist, nicht nur für die Umwelt, sondern auch für das eigene Wohlbefinden. Ich verkaufte das Auto, das ich konsequenterweise gleich hätte verschrotten lassen sollen. Die Regionalbahn fuhr ja auch.

12

Erst vor kurzem haben Thomas und ich einen neuen Weg in den Garten gefunden. Hat nur fünfzehn Jahre gedauert. Vom Nordbahnhof fahren wir mit der S2 bis zur Endstation der S-Bahn in Blankenfelde und spazieren von dort zu Fuß durch den Wald. Die ersten Kilometer auf dem Naturlehrpfad der Baruther Linie durchs Urstromtal, am ausgetrockneten Blankenfelder See und einem früheren Militärgelände vorbei, das auf langer Strecke von Mauersegmenten eingefasst ist, die sehr an die erinnern, die einst um ganz West-Berlin herum standen. Kurz vor Rangsdorf unterquert der

Waldweg die Autobahn, die hier auf einer Endmoräne oder einem hoch angeschütteten Damm verläuft. Auf der anderen Seite, am Südhang des Berliner Rings, wächst Wein. Anfang September hängen gar nicht wenige süße dunkle Trauben von den Reben. Die Streusandbüchse schenkt uns Wein!

Das letzte Stück führt durch Kiefernplantagen; Anpflanzungen, die oft mit Wald verwechselt werden. Nicht wenige der Bäume tragen noch Harzgewinnungsnarben in der Borke, fischgrätförmig angelegte Schnittrillen. Zu DDR-Zeiten wurde den märkischen Kiefern Harz abgezapft, Rohstoff für Kolophonium und Terpentinöl.

Es duftet so gut, wenn die Bäume bluten.

Auf dem Weg, es sind nur sechs Kilometer von Blankenfelde bis Rangsdorf, hebt Thomas immer wieder Steine auf. Er bückt sich und erntet, wie er sagt. Manchmal, er hat mich schon angesteckt, mache ich mit und greife nach kleinen Findlingen, die die letzte Eiszeit hierher transportiert und liegen gelassen hat. Thomas steckt sie in seinen Rucksack und trägt sie in den Garten. Dort verteilt er sie an all den trockenen Stellen unter den Bäumen, an denen trotz all seiner Bodenmelioration während der letzten anderthalb Jahrzehnte nichts gewachsen ist. Ich glaube, er hat bald eine Tonne Steine in den Garten geschleppt. Baut er ein Mausoleum? Möchte er ein Hügelgrab errichten? Eine Mauer? Oder soll es ein Mahnmal werden für die unbekannten, wahrscheinlich irgendwo im Osten ermordeten Erstbenutzer dieses Gartens? Ich muss ihn mal fragen. Nächstes Frühjahr, im Garten.

2021

FOLGE DER BLAUEN RÖHRE

»Sie sehen aus wie Spielzeug, diese Röhren. Wie aus einem Baukasten errichtet und abenteuerlich zusammengesetzt.«

»Sie wirken improvisiert, wie sie sich auf die Betonklötze stützen. Und nicht sehr deutsch.«

»Ich sehe sie als voluminöse Wäscheleine, quer über die Straße, wie in Neapel.«

»Ach, und Berlin baut Wäscheleinen aus blaulackierten Stahlröhren?«

»Immer, wenn ich sie sehe, bekomme ich Lust, hinaufzuklettern und zu balancieren. Am liebsten quer über die Fahrbahn.«

»Nur zu, keine Hemmungen! Schwing dich hoch, nutze sie als Turngerät! Als Schwebebalken! Ich bleibe unten und passe auf.«

»Heute nicht. Ein andermal vielleicht. Ich habe die blauen Röhren übrigens auch schon in Pink gesehen. Und in Violett.«

»Es sind schöne bunte Stadtmöbel. Pop-Up-Stadtmöbel.«

»Wozu sind sie eigentlich da? Was fließt in ihnen?«

»Gefühle. Sie transportieren Romantik und das Berlingefühl durch die Stadt. Sie sorgen für Gefühlsausgleich, nach dem Prinzip der kommunizierenden Röhren.«

»Quatsch, das müssen Lebensadern sein, hier mal sichtbar, für einige Monate, ein Jahr vielleicht. Sonst strömt ja alles immer im Verborgenen. Oberirdische Rohrpostleitungen? Oder fließt da dieses Internet, wie viele Terabyte pro Sekunde?«

»Es sind Leitungen für Berlin-Energie, glaub mir.«

»Nein, diese blauen Konstruktionen aus Stahl und Beton sind Kunst. Es sind Interventionen im öffentlichen Raum. Die Röhren sollen stören. Sie sollen im Weg stehen und zum Nachdenken anregen.«

»Das tun sie. Und wie sie uns zum Nachdenken anregen. Und wie sie im Weg stehen. Symbolisieren sie die ewige Baustelle Berlin?«

»Sag mal, tropft es da? Tropft etwas heraus? Ja, ich glaube, diese Röhre leckt!«

»Bier? In dieser Lache?«

»Stellen wir uns drunter und probieren.«

»Gleich wissen wir's, das sind die Versorgungsröhren des Schlaraffenlands.«

»Es ist kein Bier. Es ist nur Wasser. Und es tropft bloß herab, nicht heraus.«

»Schade.«

»Vielleicht wird ja Geld durchgespült. Und gewaschen.«

»Du meinst, es sind Leitungen, wie sie in Entenhausen in Dagobert Ducks Geldspeicher führen?«

»Ja, oder solche, durch die Onkel Dagoberts Taler von den Panzerknackern abgepumpt werden.«

»Oder Berlin wird durch diese Röhren ausgesaugt, Berlin-Energie wird abgepumpt.«

»Ach, daher meine Lust- und Antriebslosigkeit. Weil hier so viel Energie abfließt. Und was passiert mit ihr?«

»Sie wird in die ganze Welt verkauft. Die Nachfrage ist hoch.«

»Und ich dachte, diese Leitungen füllten die Stadt wieder auf. Berlin war doch so leer. Gab es nicht zu wenig Berlin in Berlin?«

»Nicht mehr.«

»Schau, hier verläuft eine Doppelröhre.«

»Auf einer Doppelstütze.«

»Wohin führt sie wohl? Und wo kommt sie her?«

»Keine Ahnung. Lass uns ihr mal folgen.«

»Auf der Warschauer Brücke schmiegt sie sich flach auf den Boden und scheint sich auszuruhen.«

»Sie ist ganz schön bekritzelt. Vollgeschmiert. Betaggt.«

»Wie sie den Münzferngläsern ausweicht, wie geschickt.«

»Und sich windet. Sieht fast so aus, als ob sie eine lebendige Schlange wäre.«

»Eine aus dem Metallbaukasten.«

»Sind diese Röhren unsere Aquädukte? Die der Römer waren schöner.«

»Schau, hier erhebt sich die Schlange und überquert die Helsingforser Straße.«

»Stell dir vor, ein Lastwagen mit Kranausleger bleibt hängen und reißt alles um.«

»Ist sicher schon mal passiert.«

»Interessant, dass die Röhren auf Röhren ruhen, die nur als Stützen dienen.«

»Vielleicht sind diese Röhren ja Stahlarme eines riesigen Kraken. Oder lange Fühler eines gigantischen Transformer-Insekts, eines intelligenten, sich selbst reproduzierenden Metallwesens, das die Stadt überwuchert.«

»Gleich wird's mir unheimlich. Schau, jetzt die komplizierte Querung der Revaler und dann der Gubener Straße. Und dann sinkt die Röhre wieder.«

»Sieht so aus, als stünde ›Brecht‹ auf den Stützen.«

»Nein, ›Brechtel‹ steht da. Das muss der V-Effekt sein. Kommt vom vielen auf die Röhre starren.«

»Ist unsere Röhrenwanderung nun eine deiner situationistischen Spazieraufgaben? Folge der blauen Röhre?«

»War das nicht deine Idee? Wir müssen abbiegen. Folge der blauen Röhre.«

»Die Betonquader, diese Riesenbriefbeschwerer, bieten praktische Plakatierfläche. Und die vielen Sticker kleben über den ›Bekleben verboten‹-Aufklebern auf dem Metall.«

»Ein Blätterteig von Veranstaltungshinweisen.«

»Wir biegen in die Grünberger Straße ein.«

»Das sehe ich.«

»Das sage ich doch nur, um unseren Weg zu dokumentieren.«

»Endet die Röhre nun in dieser Baugrube? Oder beginnt sie dort?«

»Das ist die eine philosophische Frage, die wir uns stellen müssen. Eine andere, einfachere Frage lautet: Strömt das Haus, das dort entsteht, aus dieser Röhre?«

2012/2021

DAS AKUSTISCHE WOHNZIMMER

»Heute Vokü« und »Das akustische Wohnzimmer« im Vétomat, der Siebdruckwerkstatt in Friedrichshain, die auch Café, Bar und Veranstaltungsort ist.

Zwei große schwarze Hunde laufen durch den Raum. Ein Pärchen sitzt auf einem der vielen Sofas, eine Frau hat ihre grünen Chucks auf dem Tisch und zeichnet Porträtköpfe in einen Skizzenblock. Der Couchtisch ist bekritzelt, der Lampenschirm über ihr mit einer geballten Faust bemalt. Die teils steinbloßen, teils noch verputzten Wände sind über und über mit Fotos und Plakaten beklebt, dazwischen hängen Verkehrsschilder und Leuchtbuchstabenkästen. Eine Frau mit Wollmütze blättert durch den Stressfaktor, das »Stressi« genannte Mitteilungsblatt der linken Szene. Die Direkte Aktion, die Zeitschrift der Anarchosyndikalisten und Flyer für das Suppe & Mucke Festival liegen aus, auf einigen steht der Text auf Italienisch, auf anderen auf Englisch. Ein Aushang wirbt für den »Roten Abend«, jeden ersten Mittwoch im Monat im Stadtteilladen Zielona Góra. Nächste Woche lautet das Thema: »Die Fußball-EM: nationalistische Identitätspolitik zur Durchsetzung von Lohnabbau und Sozialdumping?« Eine mit Kondomen gefüllte Schale steht auf dem selbstgebauten Tresen, daneben ein gerahmtes, sympathisches Foto von Silvio Meier, dem

1992 nicht weit von hier von Skinheads ermordeten linken Aktivisten und Hausbesetzer.

»Hier sind alle Preise Mindestpreise«, sagt die Frau hinter der Bar. Sie lacht. »Das Bier kostet mindestens eins zwanzig, lieber zwei Euro. Zahl, was du zahlen kannst oder zahlen möchtest.« Eine Spanierin, die ich eben noch habe Englisch sprechen hören, sagt auf Deutsch: »Zwei Sternburg und ein Rother Bräu Öko Bier & Apfel, bitte.« Die Wand hinter der Bar ist blutrot gestrichen, »Today Whisk(e)y« verraten einige Aufkleber, andere Sticker, Sticker kleben überall, werben für »freifunk.net« und die »dirty raggae squad«. Unter der Decke hängen ein Beamer und ein Plakat gegen den »Atomstromanbieter Vattenfall«.

Shipwreck Rats heißt die Speed-Folk-Band, die zu spielen beginnt, laut, aber nicht zu laut. Der Schlagzeuger trägt ein Hundehalsband, der Sänger einen schwarzen Zylinder zu einer schwarzen Weste über nacktem Oberkörper, die munter fiedelnde Geigerin ein weißes Kleid.

Die Frau hinter der Bar schenkt sich selbst einen Whiskey ein und verrät, dass sie aus Belgien komme. Sie erzählt, sie spricht nun Französisch, dass sie eines Tages in diesen Laden spaziert sei und gefragt habe, ob es hier nicht eine Lesebühne gebe, sie hätte da so etwas gehört. »Nein«, lautete die Antwort des Kollektivs. »Aber wenn du Lust hast, kannst du eine organisieren.« Seither veranstaltet sie, ihre Erfindung, »das Akustische Wohnzimmer«. Sie moderiert und kocht Vokü. Heute gibt es in der Volksküche »Reis mit Scheiß«, selbstverständlich vegan.

Die Shipwreck Rats haben aufgehört, Applaus, nun steht ein junger Mann auf der Bühne und liest aus seinen Notizbüchern vor, Rätselhaftes, Unfertiges und Unverständliches. Deutsche Wörter, englische und einige Wörter einer Sprache, die er sich ausgedacht haben muss. Wer nicht lauscht, betrachtet derweil vielleicht den Fries gemalter Schnurrbärte an der Wand, beschienen vom Rotlicht einer Lichterkette. Stoffkissen hängen als Schalldämmer vor den großen Boxen. Eine Filterkaffeemaschine blubbert hinter dem Tresen, auch sie beteiligt sich am akustischen Wohnzimmer.

Auf den Dichter-Darsteller folgt ein Gitarre spielender Mexikaner, er singt und liest ein kurzes indigenes Märchen. Auf Spanisch. Danach erzählt er, auf Deutsch, vom Alkoholmissbrauch indigener Männer in Chiapas, der in manchen Dörfern zu einem Alkoholverbot geführt habe. Es kommt zu einer kurzen Diskussion über den Widerstand der Zapatistas in Mexiko, eine Stimme aus dem Publikum fragt, welche Drogen die zapatistischen Widerstandskämpfer konsumierten. Der Mexikaner singt ein weiteres trauriges Lied, danach improvisieren zwei Saxophonistinnen – die eine spielt Alt-, die andere Tenorsaxophon – zu seinem Gitarrenspiel. Die Tenorsaxophonistin, dunkle Haare, verrät nach ihrem Auftritt, dass sie aus Regensburg stamme und erzählt von ihrer bürgerlichen Vergangenheit im Bayerischen Jugendjazzorchester. Nun aber mache sie Musik in Berlin und habe in ihrer Marzahner Plattenbauwohnung einen alten Flügel stehen. Der Klavierbauer, der ihn für sie restauriere, dürfe, ein Berliner Tauschgeschäft, dafür umsonst bei ihr wohnen.

Mittlerweile steht eine Frau aus Liverpool auf der Bühne, eigentlich bloß ein kleines, leicht erhöhtes Podest. Auf Scouse deklamiert sie Gedichte, eigene, selbstgeschriebene Dialektgedichte; es geht, viel verstehe ich nicht, um den Tod, eine Katze, eine Großmutter und die Irische See.

Später spricht sie Deutsch, sie wolle Deutsch sprechen, sagt sie, sie zwinge sich immer wieder dazu. Sie habe in Heidelberg gewohnt, dort sei es ihr jedoch zu amerikanisch gewesen unter all den chinesischen, japanischen und sonstigen Touristen aus der ganzen Welt, die in Heidelberg bloß Klischees besichtigten und sich Vorurteile über Deutschland bestätigten. Berlin, sagt sie, sei zum Glück anders. »Ganz anders.«

»Weniger Deutsch?«, frage ich.

»Auf jeden Fall ist Berlin nicht wie Heidelberg.«

»Nein, Berlin ist sehr Berlin.«

»Ist Berlin auch ein Adjektiv?«, fragt sie.

»Wenn du möchtest, ja. Behaupte ich einfach mal.«

Die Spanierin – sie hat wieder Bier bestellt und dabei Deutsch geübt – diskutiert die neuesten Arbeitslosenzahlen in Spanien: In der Altersgruppe der Neunzehn- bis Fünfunddreißigjährigen betrage die Quote fast fünfzig Prozent. Arbeitslosigkeit, verrät sie, heiße auf Spanisch *paro* – da springt eine Frau mit Rasta-Frisur auf die Bühne und beginnt ins Mikrophon zu rappen. »Und welche Sprache ist das nun?«, frage ich.

»Bulgarisch«, sagt die Belgierin hinter der Bar, die jetzt von einem Mann unterstützt wird, der sich als Subcomandante vorstellt. Er raucht Pfeife, trägt allerdings keine Gesichtsmaske wie der berühmte zapatistische Subcomandante Marcos, von dem ebenfalls ein Bild an der Wand hängt. Die Belgierin erzählt, dass sie heute Nacht wieder mit dem klimpernden Münzgeld nach Hause gehen müsse. Elf Kilo seien es beim letzten Mal gewesen. Eigentlich finde sich aber immer jemand, der ihr tragen helfen wolle.

2012

REBELLION AM GROSSEN STERN

Berlin-Tiergarten, ein Montag im Oktober, kurz vor halb zehn. Warum ist es heute denn so leise? Verkehrte Welt, Vögel sind zu hören, keine Autos. Extinction Rebellion haben den Großen Stern besetzt, und die Polizei hat weiträumig abgesperrt. Alle fünf Straßen, die zur Siegessäule führen, sind autoleer. Zauberhaft sieht es aus, unwirklich romantisch. Ich möchte die Stille gleich malen.

Die Rebell*innen, wie sie sich nennen, die Blockierenden, die sich um die Zukunft der Menschheit sorgen, haben Glück mit dem Wetter. Die Strahlen der Oktobersonne lassen die in den Einigungskriegen erbeuteten, später blattvergoldeten Kanonen am Schaft der Siegessäule glitzern. So wie die Goldfolie, mit der die Rebell*innen sich im Schatten vor Unterkühlung schützen. Sie sitzen und liegen gut eingepackt, teils kostümiert auf Isomatten und in Schlafsäcken.

Einige stecken in Eisbärenkostümen. Eine ist ein Pinguin. Ein Mann hat sich als Tod verkleidet und schwingt eine Pappmaché-Sense, das Gesicht schwarz geschminkt. Ich sehe Pikachu- und Pandakostüme. Und alle sehen so entschlossen aus.

Einmal, zweimal, dreimal spaziere ich um die Siegessäule herum, sehe die Rebell*innen an den fünf »Fingern« (so nennen sie die einmündenden Straßen) lagern, und bleibe bei einer »Bezugsgruppe« stehen, die sich zum Singen zusammengefunden hat. Eine Geige und eine Gitarre begleiten, Sternsingen am Großen Stern. Die Rebellion hat mit »Extinction Rebellion« nicht nur einen einschlagenden, aus England importierten Namen, ein hashtagtaugliches Superkürzel (»XR«) und ein Logo (das Stundenglas im Kreis, das überall zu sehen ist), die neue Jugendbewegung hat sogar ein eigenes Liederbuch mit neuen, umgedichteten Texten zu bekannten Melodien. »Singing for Survival« heißt es, wird ausgedruckt verteilt und lässt sich als PDF herunterladen. Und ich singe, böse Menschen haben keine Lieder, mit. Wir singen »Last night as I lay on my pillow / I dreamed that our planet was dead« zur Melodie der Strophe von *My Bonnie is over the ocean* gefolgt von »Drei Rebellen mit dem Kontrabass, saßen auf der Straße und blockierten was«.

Schokolade wird zur Stärkung herumgereicht, »aber«, wird vorsichtshalber gewarnt, »die ist nicht vegan«.

Und trotz all der Menschen, an die zweitausend werden es wohl sein, zeitweilig mehr, trotz aller skandierten Parolen, Durchsagen und Gesang: Es ist leise im Tiergarten. Sehr leise. Die Blockierer machen keinen Krach und kaum Lärm, nein, im Gegenteil, sie haben den Tiergarten heute befriedet. Nie war so viel Ruhe um die Wipfel. Kein Hauch Fahrtwind vorbeirasender Autos fährt mir durchs Haar. Und ich verstehe: die vermeintlichen Blockierer sind Befreier! Sie haben den Tiergarten vom Autoverkehr befreit. Sie haben die immer kreisende Blechmauer, die sonst den Zugang zur

Siegessäulen-Insel versperrt, eingerissen. Die Touristen, die auch heute unterwegs sind, um auf die Siegessäule zu steigen, dürfen sich freuen: Sie müssen nicht durch den Fußgängertunnel zur Mittelinsel stapfen.

Dort, wo die Hofjägerallee in den Großen Stern mündet, wird im Laufe des Vormittags eine symbolische Arche aus vorgefertigten Holzteilen errichtet. Sie heißt »Rebella«, wird bunt bemalt und dient als Podium, Carola Rackete, die Kapitänin, die im Mittelmeer Menschen gerettet hat, spricht. Eine ganze Reihe Kamerateams hat sich aufgebaut. Die fünf Finger des großen Sterns bleiben derweil besetzt, die Stellungen müssen gehalten werden. Die preußischen Generäle Roon und Moltke (der ältere Moltke, ganz in Marmorweiß) schauen von ihren Podesten herab und zu. Sie, die großen Reformer und Strategen (»Erst wägen, dann wagen«) scheinen das Geschehen zu billigen, ihnen scheint zu gefallen, dass sich hier mal etwas ändert. Dass etwas passiert. Sie sehen Frisbee-Spieler und Skater und einen Großvater, zwischen zweiter und dritter Spur sitzend, der Kindern Märchen vorliest. Sie sehen eine Frau schlafen und drei jüngere Männer, die mit Kreide ein Schachbrett auf den Boden gemalt haben, halb liegend, halb sitzend spielen sie nun auf dem Asphalt.

So sieht er aus, der »Kulturkampf gegen das Auto«, den einige schlecht gelaunte Autofahrer und Autofahrervertreter fürchten. Eigentlich recht harmlos. Kein Pflasterstein ist ausgegraben, kein Wagen umgestürzt worden – einige parken sogar hier, unter ihnen ein älterer Rolls-Royce. Noch sind auch keine Barrikaden aus Leihfahrrädern errichtet worden, nein. Angesichts der Klimakrise ein Wunder. Ja, bisher hat sogar niemand den Rasen um die Siegessäule betreten. Passt hier nicht das mal Lenin, mal Stalin zugeschriebene Zitat, nach dem deutsche Revolutionäre vor der Erstürmung eines Bahnhofs erst eine Bahnsteigkarte lösen würden? »Entschuldigen sie die Störung, aber es geht ums Überleben!« steht auf einem Banner. Höfliche Umgangsformen bei den Rebell*innen am Großen Stern.

»Wir setzen uns auf die Straße«, sagt eine Mutter zu ihrem Vierjährigen. Und der kann das gar nicht glauben. Sonst darf er doch nicht einmal bis zum Bordstein. »Wir haben noch Yoga-Matten dabei«, höre ich. »Kekse und Nüsse. Und Schokolade.« Kinder malen mit Kreide. Ja, das ist der sehr zivile zivile Ungehorsam gegen den deutschen Mogelauto-Wahnsinn.

Es ist leicht, sich darüber lustig zu machen. Über die Lieder. Über das Singen. Über die karnevalesken Verkleidungen – ich sehe Schneetiger und Frauen mit riesigen Schmetterlingsflügeln – und über das Branding. Aber: Die, die sich hier Rebellen und Rebellinnen nennen, sie machen etwas. Sie sind da. Sie zeigen sich. Sie sind schlau: Sie haben verstanden, dass es so nicht weitergehen kann. Wer im Auto sitzt, kann das vielleicht nicht sehen.

Später am Abend schaukeln Hängematten zwischen Ampelmasten und Laternenpfählen. Teelichter brennen im Goldfolien-Lager, es wird noch immer gesungen. Eine Frau spielt Blockflöte, sie hat Efeuranken im Haar und sieht im

Kerzen- und Handydisplaylicht aus wie ein von Caravaggio gemalter Waldgeist.

»Das dritte Paar Socken wärmt«, höre ich eine andere sagen. Niemand ist mehr barfuß wie am Mittag. Es ist nun kalt am Großen Stern. Die Beleuchtung der Siegessäule ist heute nicht eingeschaltet – damit die Rebell*innen nichts sehen oder damit sie besser schlafen können? Noch sind sie wach. Und ihre Augen leuchten, als wüssten sie schon, dass sie eines fernen Tages von dieser und den folgenden Nächten werden erzählen können, Jahre, Jahrzehnte später – wenn sie es denn schaffen, die Welt zu retten. Uns.

Verweichlicht sind sie nicht, nein. Sie biwakieren auf dem Asphalt, die Temperatur fällt weiter. Sechs Grad um zehn Uhr. Später kommt der Regen. Im Sommer wäre das alles einfacher gewesen. Sie laden alle ein: »Setz dich doch zu uns, wir haben Kekse!«

In der ersten Nacht wird nicht geräumt.

2019

KANDAHAR IN CHARLOTTENBURG

Rainer und ich treffen uns vor dem Zoopalast und schlendern Richtung Bikinihaus. Rainer, wir kennen uns jetzt zwanzig Jahre, führt mich in die kleine Mall, eine sogenannte Concept Mall, die es seit dem Umbau des Gebäudes vor einigen Jahren dort gibt. Seltsamerweise habe ich sie noch nie betreten. Zwischen den zurückhaltend gestalteten Verkaufsboxen und -inseln – angeboten werden Souvenirs und Design-Devotionalien, die wohl beweisen sollen, dass sie in Berlin erworben wurden – fühle ich mich wie auf einem Weihnachtsmarkt ohne Weihnachtstheater. Rainer, der hier schon Geschenke gekauft hat, erinnert daran, dass genau an dieser Stelle einmal Hans Poelzigs Capitol am Zoo gestanden hat, ein riesiges Kino mit sechseckigem, expressionistisch ausgestaltetem Vorführraum in Violett, Goldbraun und Ocker. Wir träumen ein bisschen, dort einen Stummfilm zu sehen – befinden uns aber im Bikinihaus, das nach dem Krieg und der Zerstörung des Kinos aus Mitteln des Marshallplans errichtet wurde. Dass in diesem leichten, luftigen Nachkriegsbau einmal über siebenhundert Nähmaschinen standen, an denen über siebenhundert Näherinnen saßen, um Damenoberbekleidung anzufertigen, mutet uns seltsam an.

Rainer zeigt mir noch die dem Bikinihaus neu angefügte Terrasse mit Aussicht auf die Affen und ihren Felsen. Im

Zoo selbst, fällt mir ein, bin ich nicht gewesen, seit ich Kinderwagen schieben musste.

»Also ganz schön lange nicht«, sagt Rainer.

»Als Kind dachte ich, West-Berlin sei eine Stadt für wilde Tiere, weil ihr Bahnhof Zoologischer Garten hieß.«

»West-Berlin war doch eine Art Tierpark: Ein großes Gehege mit alimentierten Bewohnern. Eingezäunt und von Wachtürmen umgeben.«

Wir verzichten auf die Monkey-Bar im obersten Stockwerk des kleinen Hochhauses, die Warteschlange vor dem Fahrstuhl ist zu lang. Und eigentlich wollen wir uns ja noch bewegen. Wir überqueren die Budapester Straße – der Autotunnel, dessen Ausfahrt hier einmal einen unüberwindlichen Graben bildete, wurde zum Glück zurückgebaut und zugeschüttet – und sehen erst von der anderen Seite, wie klar und feingliedrig die Glasfassade des Bikinihauses rekonstruiert wurde. Nur das Luftgeschoss, von dem es seinen Namen hat, weil es Durchsicht zum Zoo ermöglichte und den Baukörper wie einen Bikini in ein Ober- und ein Unterteil teilte, wurde nicht wiederhergestellt.

Am Rande des Breitscheidplatzes, wir sind ein wenig weitergewandert, wundern wir uns über die Anti-Terror-Stadtmöbel. Rainer, er war mal in Afghanistan, kennt den Hersteller dieser Gabionen, die vor Granatsplittern oder Autobomben schützen können. Sie heißen Hesco-Barriers.

»Und nun stehen diese Dinger neben der Ruine der Gedächtniskirche?«, frage ich. »Wir leben in interessanten Zeiten. Kandahar in Charlottenburg.«

»In einem der deutschen Lager in Afghanistan hieß sogar eine Bar nach ihnen, Hesco-Bar«, sagt Rainer. »Die Säcke in den Gabionen lassen sich mit Sand oder Wasser füllen.«

»Das sind Stadtmöbel, von denen wir vor ein paar Jahren nicht geträumt haben.«

»Erst seit dem LKW-Anschlag auf den Weihnachtsmarkt. Sie hätten ihn verhindert.«

»Als der passierte, saßen wir doch zusammen in Schöneberg«, sage ich.

»Ja?«

»Es war der Abend unserer informellen Weihnachtsfeier. Rutschky lebte noch, Bodo war dabei, Andi, Hansi, Schrödi und Jan.«

»Waren wir in dem Lokal, in dem der Engländer aus diesem Berlin-Film, *B-Movie*, an der Bar arbeitet? Wie heißt das noch mal?«

»Mark Reeder?«

»Nein, das Lokal. Wie heißt das Lokal?«

»Renger-Patzsch. Wie der Fotograf der Neuen Sachlichkeit.«

»Ach, das war ein Fotograf? Eine echte Person? Das wusste ich nicht.«

»Wusste ich auch nicht, Rutschky wusste solche Dinge. Knipphals war auch da.«

»Und Kurt Scheel?«

»Scheel nicht. Er lebte zwar noch, verließ das Haus aber nicht mehr. Hilmar war vielleicht da. Und Iris. Sie kam immer gern zu den Herrenabenden. Als ich damals nach

Hause gefahren bin, nach Charlottenburg, hat der Taxifahrer mir erzählt, die gesamte City-West sei gesperrt.«

»Wie, du bist nicht zu Fuß nach Hause gegangen?«

»Ausnahmsweise nicht, nein. Von Schöneberg bis zum Riehlufer war es mir zu weit.«

»Riehlufer? Wo soll das denn sein?«

»Das Riehlufer gibt es nicht. Ein Immobilienentwickler hat die Riehlstraße zum Riehlufer erklärt. Dabei ist der Lietzensee von dort gar nicht zu sehen.«

Wir sind Richtung Kantstraße spaziert und schauen an den beiden noch immer ungewohnten Hochhäusern hinauf. Wir überlegen, welches von ihnen uns besser gefällt.

»Im Grunde wirken sie wie die Verkörperung des verzweifelten Wunsches, hier unbedingt hohe Häuser stehen zu haben«, sagt Rainer.

»Besonders einfallsreich sehen sie nicht aus«, sage ich.

»Naja, der Motel-One-Turm tanzt ein wenig mit sich selbst, oder? Dreht sich ein. Das ist doch hübsch.«

»Torsion im Turmbau. Als trete er sich selbst auf den Fuß. Als müsste er mal.«

»Holst am Zoo, das seltsame Pressecafé und Beate Uhse. Alles verschwunden. Und das Haus, in dem der große Plattenladen war, steht auch nicht mehr.«

Rainer erzählt, er habe City-Music im Schimmelpfeng-Haus schon als Schüler, auf Klassenfahrt in Berlin, besucht. Wir erinnern uns an das elegante, vor einigen Jahren abgerissene Gebäude, das die Kantstraße überspannte. Und erinnern uns an den Leuchtkasten, auf dem Harald

Juhnke für das China-Restaurant seiner Schwiegereltern warb.

»Ich vermisse Harald Juhnke«, sage ich. »Er grinste so wunderbar von diesem Plakat. So glücklich. Die Freude an der Peking-Ente aus dem Land des Lächelns illustrierte er mit seinem breiten Berliner Grinsen.«

»Von dem Berlin, das er verkörpert hat, ist nicht viel geblieben«, sagt Rainer. Und fragt mich, ob ich je im neuen Romanischen Café gewesen sei. Das es auch schon wieder nicht mehr gibt.

»Nein«, sage ich. »Dabei war vor einigen Jahren sogar ein Literaturwettbewerb ausgeschrieben, um es mit Literaten zu beleben.«

»Literaten sitzen heute doch lieber in Bibliotheken als in Cafés am Zoo.«

»Du vielleicht. Ich sitze gern in Cafés.«

»Lag das ursprüngliche Romanische Café nicht auf der anderen Seite des Breitscheidplatzes? Dort, wo jetzt das Europa-Center steht?«

»Ich glaube schon.«

»Heute wäre dann wohl das Haliflor das Romanische Café.«

»Dort habe ich den halben Nachmittag verbracht. Im Nichtschwimmerbecken. Nora war da, Tobi, Ingo und Paula.«

Wir unterqueren die Stadt- und Fernbahngleise, und mir fällt ein, dass es früher, kurz nach seiner Fertigstellung hieß, der Stummel-Turm auf dem Kant-Dreieck, das Gebäude mit dem großen Blechsegel auf dem Dach, könne bei Bedarf aufgestockt werden. Ist es bald soweit? Oder wird es einfach abgerissen werden?

»Bist Du je im Theater des Westens gewesen?«, fragt Rainer.

»Nein, nie. Du?«

»Ja, mit einer Cousine. Wir haben *Tanz der Vampire* gesehen. Und es war gruselig.«

»Möchtest du in die Paris Bar?«

»Nein«, sagt Rainer. »Du?«

»Muss nicht sein. Friederike geht ja gern. Manchmal trinken wir dort was, nach dem Kino. Wenn wir im Delphi waren.«

»Wohin geht ihr sonst, wenn ihr in Charlottenburg bleibt?«

»Ins Lentz. Oder in den Diener. Und im Schwarzen Café bin ich neulich gewesen, morgens um vier«, sage ich, da sind wir schon an den Schaufenstern mit den prätentiösen Kühlschränken vorbei.

»Um zu arbeiten?«, fragt Rainer.

»Um bis kurz vor fünf die Zeitung von vorgestern zu lesen. Es war leer und ruhig. Angenehm. Und ich fühlte mich wie zu Besuch im letzten Jahrhundert.«

»Wolltest du nicht nach Hause?«

»Sagen wir, ich habe eine Pause eingelegt auf dem Heimweg.«

»Soso.«

Am Savignyplatz angekommen, können wir uns erst

nicht entscheiden, wo wir etwas trinken sollen. Es ist warm, wir wollen draußen sitzen, deshalb landen wir vor dem Zwiebelfisch. Und bemerken, sonst ist mir das nie aufgefallen, dass das Gebäude, in dem er sich befindet, ein Neu- bzw. Altneubau ist. Mit Waschbetonfassade.

Wir bestellen Kölsch und ich erzähle vom Künstler*innen-Yoga in der Carmerstraße, die ich von meinem Platz aus sehen kann.

»Yoga? Du?«

»Ja, stell dir vor. Auch wenn ich nicht wirklich für die Meditation gemacht bin – ich bewege mich lieber, als still dazusitzen – finde ich es immer wieder großartig.«

»Gehen ist doch eine Art der Meditation. Und warum Künstler*innen-Yoga?«

»Die Yoga-Meisterin ist eigentlich Museumsdirektorin, daher sind die meisten Yoga-Schüler*innen, die in ihre Wohnung kommen dürfen, Künstler*innen.«

Rainer drängt bald zum Aufbruch, er muss zurück Richtung Zoo und in der TU-Bibliothek seine Tasche auslösen, die er dort im Schließfach gelassen hat. Wir verabschieden uns am S-Bahnhof Savignyplatz, verabreden uns zuvor aber für einen Rundgang über die Baustellen der Europacity um den Hauptbahnhof. Dann wandere ich allein auf der Kantstraße, lieber alter Neuer Westen, Richtung Witzleben. Lon Men's Noodle House hat schon geschlossen, schade, ich hätte gern noch ein paar gebratene Maultaschen gegessen. Kaufe stattdessen bei einem koreanischen Straßenimbiss einen Beef-Taco und löffele ihn, er fällt auseinander, aus der

Kartonschale. Löffelnd spaziere ich an den Sex-Shops vorbei, an dem Bonsai-Bäumchen-Laden, an all den Chinoiserie-Shops, dem iranischen Laden und dem Geschäft, das »Parfums nach Gewicht« und »Künstl. Blumen« verkauft, wie sein altertümlicher Leuchtkasten verkündet. Die Kneipe mit dem Namen »Imma uff« hat selbstverständlich, wieso auch nicht, geöffnet – da befinde ich mich schon auf der Neuen Kantstraße und habe längst aufgegessen. Es ist noch immer warm, fast heiß, als ich hinter der Lietzenseebrücke in die Herbartstraße einbiege und über das kurze Stück auf der Wundtstraße in die Riehlstraße komme.

2019

GLEISDREIECK MIT HUND

Quarto, der Cockerspaniel, springt mir an der Wohnungstür entgegen. Wir wollen hinaus, Herr Rutschky, er kann wieder gehen, leint den Hund an. Unten auf der Wartenburgstraße schnuppert Quarto an den stinkenden Früchten, die von den Ginkgobäumen gefallen sind. Herr Rutschky weiß, dass es sich, auch wenn sie so aussehen, nicht um Früchte, sondern um Samen handelt. In denen leider Buttersäure steckt. In Seoul, erzähle ich, habe ich ältere Frauen diese Samen sammeln sehen. Die geschälten Kerne sind essbar, werden im Reis mitgekocht oder geröstet. Übermäßiger Verzehr kann allerdings, ich wurde gewarnt, zu Vergiftungserscheinungen führen.

Wir überqueren die Möckernstraße und gelangen über eine sanft ansteigende Rampe in den Park am Gleisdreieck. Zwei Fahrradfahrer kommen uns entgegen, einer von ihnen bleibt fast in Quartos ausgerollter automatischer Hundeleine hängen. Herr Rutschky entschuldigt sich, obwohl der Radfahrer eigentlich hätte absteigen müssen.

Ob es an dieser Engstelle nicht manchmal Ärger gebe, frage ich. »Nein, eigentlich nicht«, sagt Herr Rutschky. Konfliktsituationen ließen sich hier, wie fast überall, dadurch lösen, dass beide Parteien sich entschuldigen, egal, wer im Unrecht sei. So funktioniere das Miteinander in der großen Stadt.

Der Park am Gleisdreieck, erzählt er, sei ein Geschenk. Nachdem er seit bald dreißig Jahren hier wohne, verwandele ein seit Kriegsende unzugängliches, verwunschenes Bahngelände gleich nebenan sich in einen riesigen Park. Das sei doch fast ein Wunder. Wobei ich weiß, dass die verstorbene Frau Rutschky sich von der offiziellen Unzugänglichkeit des Geländes nicht abhalten ließ. Sie hat schon Quartos Vorgängerhunde dort ausgeführt.

Wir spazieren über Wege aus geriffeltem Beton, Herr Rutschky beschreibt die Schraffuren der Oberfläche mit einem Wort, das ich bis dahin nicht kannte und mir nun leider entfallen ist. Ein Wort, das er wahrscheinlich aus seiner nordhessischen Kindheit mitgebracht hat. Er ist 1943 in Berlin geboren, aufgewachsen jedoch, er muss das damals als eine Art Verbannung empfunden haben, in einer winzigen Stadt namens Spangenberg.

Quarto schnuppert und hebt sein Bein, Herr Rutschky macht mich auf Basaltfelder und Steinkreise sowie Robinien und Birken aufmerksam, die zwischen den Schienen wachsen. Teils sogar aus verfaulten Bahnschwellen heraus. Herr Rutschky zieht mich auf mit meiner Überwucherungstheorie, habe ich doch die Vorstellung, ja die Furcht, die Natur, die wilde grausame Natur könnte unsere schöne Stadt und unsere ganze Zivilisation in nur wenigen Jahrzehnten völlig überwuchern. Hier ist es, jetzt als Parklandschaft gezähmt, schon einmal geschehen.

Unsere Gewaltmärsche liegen einige Jahre zurück, heute wandern wir nicht mehr vom Rathaus Spandau bis zum

Adenauerplatz oder vom Mehringdamm nach Lichtenrade. Wir spazieren nicht mehr durch Steglitz, Tempelhof oder Weißensee, nicht durch die innerstädtische Peripherie und bis an die Ränder. Heute nur eine kleine Runde mit dem Hund, der uns zieht, er geht mit uns, nicht wir mit ihm spazieren. Er zieht zur Skateranlage, es ist kurz vor elf und noch diesig. Der Morgendunst hat sich bisher nicht verzogen. Ein größerer, dunkler, nicht angeleinter Mischlingshund läuft auf Quarto zu, beide Tiere beschnuppern sich, Quarto scheint sehr interessiert, wir verstehen, es ist eine Hündin. Ob sie läufig sei, fragt R. die junge Skaterin, die nun nach »Mona« ruft. Es klinge ab, sagt diese, Anfang zwanzig, in enger schwarzer Jeans und schwarzem T-Shirt, bedruckt mit einem Schriftzug, den ich nicht entziffern kann. Sein Hund sehe das wohl anders, sagt Herr Rutschky. Es gelingt ihnen aber, die Tiere zu trennen, und die Hündin Mona wird an dem Tuch, das sie statt eines Halsbands trägt, fortgezogen. Die Skaterin, wir verabschieden uns, lächelt, rollt auf ihrem Cruiser davon. Hündin Mona trottet nebenher.

Wir setzen uns auf eine Betonbank und schauen drei anderen Vormittagsskatern in der Schüssel zu. Einer von ihnen, sie üben Sprünge, hat lange graue Haare und dürfte Mitte vierzig sein. Keine Altersdiskriminierung hier.

Während Herr Rutschky mir erklärt, dass kalifornische Surfer das Skaten erfunden hätten, gleitet ein Stehpaddler auf einem surfbrettgroßen Longboard vorbei. Kerzengerade steht er stolz wie ein venezianischer Gondoliere auf seinem

Gefährt. Mit einem am unteren Ende klebebandumwickelten Asphaltpaddel stößt er sich vom Boden ab. Wir staunen.

In einer der Basaltbrockenflächen – ist das alter Gleisunterbau? Nein, das kann nicht sein, diese Steine müssen später herangeschafft worden sein – wachsen Pflanzen mit großen, silbrig schimmernden Blättern. Herr Rutschky sagt, neuerdings versuche er sich in Pflanzenbestimmung, er habe ein älteres Bestimmungsbuch, selbstverständlich besitze er ein solches, fragt mich dann aber, ob es nicht eine App gebe, die beim Erkennen helfen könne. »Ihr Wundertelefon müsste doch sagen können, was da wächst.« Über die Herkunft der speziellen Vegetation auf den alten Berliner Bahngeländen müssen wir uns nichts erzählen, wir wissen, dass die Eisenbahnwaggons vor und noch während des Krieges Samen aus ganz Europa mitgebracht haben.

Aus einer anderen steinigen Freifläche ragt ein massiver Betonquader, mannshoch. Das Ding sieht nicht neu und eher nicht nach Kunst aus. Ist dieser Würfel, fragen wir uns, ein kleiner Großbelastungskörper? Eine Erinnerung an Albert Speer und seinen Traum von der Welthauptstadt Germania? War auf ihm, ich sehe zwei Bohrlöcher, einst ein Geschütz montiert? Einige Steinbrocken wurden zu einer provisorischen Rampe geschlichtet, ich steige hinauf, stehe oben wie auf einem Podest und bin nicht schlauer als zuvor.

Als die Sonne durchbricht, sind wir an den mythischen Yorckbrücken angelangt, die so herrlich verrostet über die unter uns liegende Yorckstraße ragen. Wie viele sind es? Und wie viele waren es einmal? Herr Rutschky sagt, und er sagt es heute schon zum zweiten Mal, wie schön Berlin doch sei.

Wir biegen ab und gehen an einem Bereich vorbei, in dem gemeinschaftlich gegärtnert werden darf. Hinter den Beeten sind die Wohnblöcke, fast ein neues Viertel, des nach Jahren fertiggestellten Genossenschaftsbauprojekts zu sehen. Einmal soll die Unternehmung fast pleite gewesen sein, Herr Rutschky erzählt von der Aufregung im Kiez und den Protesten gegen die Bebauung, nicht wenige alte Kreuzberger wünschten sich halt, alles solle doch lieber so bleiben, wie es immer war.

Quarto begegnet einem angeleinten Hund, einem jungen Terrier, bei der ausgiebigen Beschnupperung verheddern sich ihre Leinen. Eine Schar kreischender Kitakinder, die meisten in neongelben Warnwesten, umringen uns und die Hunde. Und freuen sich. Ein Mädchen ruft: »Leinenkuddelmuddel.«

Wir sind in der Nähe des weitläufigen Spielplatzes und kommen zu einem Kiosk, dessen Außenwände mit vergrößerter Maserung bedruckt sind, Holz-Optik auf einem Nichtholzmaterial. Ein Mann mit Messenger-Tasche und Fahrradhelm bestellt einen Kaffee, den er in seinen mitgebrachten Thermosbecher abgefüllt haben möchte. Der jedoch nicht unter die Kaffeemaschine passt.

Ob der Hund nicht etwas Wasser trinken wolle, fragt die freundliche Kioskfrau, als wir an der Reihe sind. Getränke werden nur in Mehrwegbechern ausgegeben, gegen Pfand. Herr Rutschky trinkt Apfelschorle, ich Kaffee. Die Sonne scheint, es ist warm geworden. Warm für Oktober. Wespen, sie wirken schon ein wenig müde, nähern sich der Apfelschorle, und Herr Rutschky erinnert an die Wespenfallen in Gartenlokalen, früher. Mit Zuckerwasser gefüllte Flaschen, in denen Hunderte Wespen ertranken. Solche Insekten-Hekatomben seien heute nicht mehr zu sehen. So offensichtlich, sagt er, würden heute nicht einmal mehr Wespen ermordet.

Von dem Tisch, an dem wir sitzen, schauen wir auf einen Neubau an der Ecke Hornstraße, die Fassade ist teilweise mit Holzlamellen verkleidet. Bis vor kurzem hätte das Gebäude, zuvor sei da nur eine Bombenlücke gewesen, noch durch Farbbeutelwürfe vandalisiert dagestanden. »Die gehören doch nicht hierher«, habe er eine Frau in der Nachbarschaft rufen hören. Im leicht erhöhten Erdgeschoss sind die Arbeitsplätze eines Architekturbüros zu sehen. In dem Altbau gleich nebenan befindet sich, Berliner Mischung, eine Kneipe namens »Affen Huette« in Versalien. Wie es wohl zu dieser Schreibweise kam, fragen wir uns. Ist die Hütte ohne Umlaut und Bindestrich dem Internet geschuldet? Oder gab es von den angeschraubten Lettern, die den Namen in einer typografisch zweifelhaften Afro-Informal über die Tür schreiben, kein großes *ü*?

Wir haben unsere Getränke-Pfandmünzen eingelöst, den Park verlassen und spazieren, Quarto erschnuppert sich jeden Meter, an der kurzen Reihe Nachkriegsbauten vorbei, aus denen mit den Jahren Altneubauten geworden sind. Hier wohne, sagt Herr Rutschky, ein Mann, der hin und wieder herumbrülle. Meist gehe es um Hunde und um Angela Merkel. Mit resignativer Toleranz sei das jedoch auszuhalten.

Wir biegen wieder in die Wartenburgstraße ein, der Gestank der Ginkgosamen, Quartos Nase scheut sie nicht, weist uns den Weg. Herr Rutschky begleitet mich noch bis zur Ecke Großbeerenstraße. Die Eckkneipe, sehen wir, hat schon wieder geschlossen. Die neue Bewirtschaftung hat nicht lange durchgehalten.

Wir verabschieden uns voneinander. Und wissen noch nicht, dass wir heute zum letzten Mal zusammen spazieren waren.

2017

POTSDAMER STRASSE, KURFÜRSTENSTRASSE

Heute steige ich Stadtmitte aus der U-Bahn, gehe ein paar Schritte auf der Friedrichstraße Richtung Süden, biege in die Leipziger Straße ein und spaziere Richtung Westen. Auf dem Potsdamer Platz, eigentlich auch bloß eine Kreuzung, sehe ich die ersten temporären Schaukästen für die Berlinale, die bald beginnen wird. Plakate hängen noch keine. Das Wasserbecken, das wie ein Graben zwischen den letzten Gebäuden des Potsdamer-Platz-Ensembles und der älteren Staatsbibliothek liegt, ist zugefroren, »Betreten der Eisfläche auf eigene Gefahr« lese ich auf einem provisorisch angebrachten Schild. Ich überquere den Stabi-Parkplatz, auf dem es keinen Fußweg gibt, der zum Eingang der Staatsbibliothek führt (Gefahr!) und wundere mich wieder einmal über das »zu Berlin« in dem Schriftzug »Staatsbibliothek zu Berlin«. Was macht diese Präposition eigentlich dort? Dunkel erinnere ich mich, dass es mit dem königlichen Hof zusammenhängt, rechtlich lagen dieser und die Burg bzw. das spätere Schloss sowie die damalige Hofbibliothek nicht in der Stadt Berlin, sondern in einem zu Berlin gehörenden Gutsbezirk. Und, ist sie zu? Nein, die Stabi hat geöffnet, weshalb ich sie durch eine der Drehtüren betrete, um mich im Foyer ein wenig aufzuwärmen. Auf einer Informationstafel ist ein Luftbild vom Bauplatz mit der abgesteckten Baugrube zu sehen. Ein anderes Foto zeigt die Gegend nach Fertigstellung der Staatsbibliothek, nun liegt das Gebäude quer über der alten Potsdamer Straße. Hans Scharoun hat die Straße abgeriegelt und einen Schutzwall, eine Stadtbefestigung Richtung Osten errichtet.

Wieder auf der Straße, staune ich über die erneuerte Fassadenverkleidung des Otto-Braun-Saals. Der Kubus sieht nun aus wie in getönte Alufolie eingewickelt. Die Blechverpackung wurde nachlässig angebracht, Schraubenköpfe stehen heraus. Die Skulpturen der lateinamerikanischen Freiheitskämpfer José Martí und Simón Bolívar können sich nur wundern. Bolívars Schwert ist gerade nicht abgebrochen. Man hat ihn hier auch schon ohne Waffe stehen sehen.

Ich überquere das kleine Autobahnkreuz und den Landwehrkanal und frage mich, warum die Straßenbahn nicht wieder hier fährt. Sollte sie doch. Wurden am Potsdamer Platz vor bald fünfundzwanzig Jahren nicht Schienen verlegt, die heute unter dem begehbaren Mittelstreifen liegen?

In der Potsdamer Straße, von der Bodo Morshäuser, hier aufgewachsen, einst sagte, sie sei »mehr als irgendeine Straße jetzt«, komme ich an dem Studierendenwohnheim vorbei, in dem, lange, lange her, eine große Liebe wohnte. Das Gebäude wirkt heute kaum weniger heruntergekommen als damals, als im Erdgeschoss Windschutzscheiben repariert wurden. Heute sehe ich dort eine Galerie.

Ja, beide Ufer der Potsdamer Straße haben sich verändert. Nach ein paar Metern setze ich mich in die Joseph-Roth-Diele und warte auf Gerwin Zohlen, wir sind zum

Mittagessen verabredet. Und das eigentlich nur, weil wir uns letzte Woche zufällig in der Holsteinischen Straße in Wilmersdorf begegnet sind.

Jetzt sitze ich hier in Tiergarten und blättere in einem Exemplar der in Stapeln ausliegenden alten Rowohlt-Monographie über Joseph Roth. Wollte ich nicht einmal, es müsste doch bald so weit sein, genau hundert Jahre später all die Berliner Orte besuchen, die er in seinen Feuilletons beschrieben hat? In *Trübsal einer Straßenbahn* sind sie versammelt, Wiebke Porombka hat den Band herausgegeben.

Gerwin Zohlen, er könnte mein Vater sein, erzählt mir, dass er sich für den Wasmuth-Verlag interessiere. Der sitze heute in Tübingen, sei aber eigentlich ein alter Berliner Verlag, Werner Hegemanns *Das steinerne Berlin* sei 1930 erstmals dort erschienen, später hauptsächlich Kunst- und Architekturbücher. Wir sprechen über Hegemann und sein Buch, ich erinnere mich an das Kapitel über das Tempelhofer Feld und dessen Bebauung. Ja, die Diskussion, die Berlin heute führt, hatten wir schon einmal in der Stadt. Vergessen ist heute, dass die eine Hälfte des Tempelhofer Feldes tatsächlich bebaut wurde. Fliegerviertel, Gartenstadt Neu-Tempelhof und die piefige Kleinhaussiedlung entstanden. Wir kommen auf die Veränderung der Potsdamer Straße zu sprechen, der Wegzug des Tagesspiegel, er saß lange hier nebenan, hat jedenfalls nicht zu einer Verödung der Straße geführt, im Gegenteil. Wir reden über die neueren Schichten der Stadt, das Neue Berlin, das schon zu bröckeln beginnt, siehe Potsdamer Platz. Und darüber, wie die Neunziger- und

Nuller-Jahre-Architektur uns heute ansieht. Unser Rindsgulasch und die Spätzle werden kalt.

Wir verabschieden uns auf dem Trottoir, er steigt in seinen Wagen, einen Alfa Romeo, und fährt davon – während ich weiter die Potsdamer Straße hinunterspaziere. Ich schaue in zwei, drei Höfe hinein. Im früheren Tagesspiegelhaus befinden sich nun ebenfalls Galerien, einen Hof weiter, alles ist auf einmal so hübsch hier, keine gebrauchten Spritzen zu sehen, entdecke ich eine Bar, ein Restaurant und Modegeschäfte. Vincenz Sala ist kein Schreibwarenladen mehr, aber das ist schon lange so. Ecke Kurfürstenstraße treffe ich Frieder Schnock auf dem Bürgersteig, er erinnert mich daran, dass ich Sonntag bei ihnen zum Essen eingeladen bin. Er zeigt hinauf und sagt: »Vierter Stock.«

Um den Bahnhof Kurfürstenstraße herum hat die »Potse« – so hat Christian, der in den frühen neunziger Jahren hier wohnte, die Straße immer genannt – sich kaum verändert. Woolworth hat noch immer geöffnet. Steht der schöne Nachkriegsmoderne-Flachbau unter Denkmalschutz? Müsste er doch. Das kantig gestapelte Gebäudegebirge gegenüber, in dem sich der Mega-Sexshop LSD-Cruising World befindet, ist ebenso erhaltenswert. Zusammen bilden die beiden Bauten ein Tor zu diesem berühmten und berüchtigten Abschnitt der Kurfürstenstraße. Zu Fontanes Zeiten eine gute Gegend. Später, zu West-Berliner Zeiten, nicht mehr, wie ich seit meiner frühen Lektüre von *Wir Kinder vom Bahnhof Zoo* weiß.

Ich gehe weiter Richtung Westen und finde die Straße

halbleer und halb abgeräumt wie eh und je – aber halt, nein, hier steht ein Bauzaun vor dem riesigen Möbel-Hübner-Parkplatz. Und gegenüber von Getränke Hoffmann wird gebaut, ein Schild kündigt das »Carré Voltaire Berlin« an. Wie kam der Immobilienvermarkter auf diesen Namen? Inspirierte ihn die Nachbarschaft des Französischen Gymnasiums? Was würde Voltaire dazu sagen, wenn er wüsste, dass Berlin ihm einen ganzen Block errichtet? Er würde sich wahrscheinlich amüsieren über die Pseudo-Luxus-Wohnungen am Straßenstrich.

Zwei Sexarbeiterinnen stehen vor einer verrammelten Imbissbude. Es ist kalt und diesig, eigentlich kein schöner Tag. Ich fotografiere eine der seltsamen Siebzigerjahre-Fassaden, die mir nie aufgefallen sind. Ja, ich glaube, jahrelang bin ich blind durch diese Stadt gegangen. Auf einem schmalen Grundstück, an einen Altbau grenzend, wird die Degewo ein Mietshaus errichten, ein Bagger ist schon da, der Bauzaun aufgestellt. Und dieser Birkenhain gegenüber? Was ist das für ein Garten? Die Kurfürstenstraße ist voller Geheimnisse.

Soll ich noch einen Kaffee im Einstein trinken? Im Einstein-Stammhaus in der Stadtvilla, die einst von Henny Porten, dem Stummfilmstar bewohnt wurde? Stimmt das eigentlich? Oder ist auch das eine der vielen Berlinerzählungen, die ich in den Jahren, die ich hier herumlaufe, ungeprüft übernommen habe? Wahrscheinlich von Christian, mit dem ich damals, als wir befreundet waren und ich ihn oft in seiner sehr leeren Wohnung mit den einschüchternd hohen Decken in der Potsdamer Straße besuchte, gern im Einstein saß, weil dort für uns ein Hauch von dem Berlin spürbar war – entweder war es tatsächlich erhalten geblieben oder glaubhaft nachinszeniert –, das wir uns wieder herbeiwünschten. Ein Berlin, von dem sonst nur Ruinen wie das Esplanade am Potsdamer Platz geblieben waren. Das Berlin der zwanziger Jahre. Die große Zeit, die wir, zu spät geboren, verpasst hatten. Wir aber hatten diese Sehnsucht und versuchten ein Kaffeehausleben nachzuspielen, von dem wir gelesen hatten, dass es nicht nur in Wien, sondern auch in Berlin einmal existiert hatte. Was nicht wirklich funktionierte. Nicht im Einstein, nicht im Café M.

Damals kam ich meist vom Nollendorfplatz durch die viel zu breite, nur autogerechte Straße, die nun nicht mehr Einemstraße, sondern wie noch mal heißt? Karl-Heinrich-Ulrichs-Straße lese ich auf dem Straßenschild, denn nein, ich habe mich nicht ins Einstein gesetzt. Die Einemstraße, die auch schon mal Maaßenstraße hieß, ist jetzt nach dem Pionier der Sexualwissenschaft benannt, der die gleichgeschlechtliche Liebe »Uranismus« nannte, weil das Wort *Homosexualität* noch nicht erfunden war.

Als ich auf den Nollendorfplatz zugehe, muss ich an Lesser Ury und sein Gemälde *Nollendorfplatz bei Nacht* denken. Er hat es in seiner Wohnung im vierten Stock des Hauses Nollendorfplatz 1 gemalt, es zeigt den Blick aus seinem Fenster und deutet an, dass der Platz, heute Autoland, fast ein Park war. Das Haus, in dem Ury fast dreißig Jahre wohnte, wurde im Krieg zerstört. Auf dem Hochbahnsteig des Bahnhofs, dessen Vorkriegskuppel auf dem Gemälde prominent zu sehen ist, bemerke ich zum ersten Mal, dass ich von dort die Siegessäule sehen kann. Goldelse blitzt in der herausgekommenen Wintersonne, sie winkt mir zu, über die Tiergartenwipfel und die Sackgassen des Kielganviertels hinweg.

Zwei Tage drauf spaziere ich schon wieder die Potsdamer Straße hinunter, heute vom Potsdamer Platz aus, der an einem frühen Sonntagabend – einige Touristen und Kinobesucher stehen verloren unter dem traurigen Zelt des Sony Centers – gar nicht so verlassen wirkt, wie ich es befürchtet hatte. Ich gehe an der Spielbank vorbei, die bald für immer schließen soll. Wird diese Blechhütte, deren Architektur sich eher vergeblich von Scharouns Staatsbibliothek inspirieren ließ, dann für immer leer stehen? Ein Stück weiter freue ich mich über die mächtige Platane, die zwischen Philharmonie und Stabi-Parkplatz stehen geblieben ist. Gepflanzt 1858, anlässlich der Hochzeit des späteren 99-Tage-Kaisers Friedrich III. mit der Tochter Queen Victorias. Der Baum hat zwei Weltkriege und die Nachkriegswinter, in denen der Tiergarten abgeholzt wurde, überlebt.

Renata Stih und Frieder Schnock, zusammen sind sie das Konzeptkunst-Duo Stih & Schnock, wohnen Potsdamer Straße, fast Ecke Kurfürstenstraße. Frieder holt mich mit dem Aufzug ab. Er spiele den Liftboy, sagt er, weil der Fahrstuhl in diesem Geschäftshaus sensibel und oft kaputt sei. Renata empfängt im vierten Stock und führt in einen riesigen Raum, er muss an die hundert Quadratmeter groß sein. Seine Fenster schauen auf das Woolworth- und das LSD-Gebäude hinunter. Ich zähle vier Schreibtische, fünf Computer, etliche Sofas und Sitzgelegenheiten. Einer der Segeltuch-Klappstühle, höre ich, könnte Gustav Gründgens gehört haben. Und die Chaiselongue, auf der ich Platz nehme, habe sie selbst neu bezogen, sagt Renata. Mit einem Stoff von Chanel. Ich sehe Zeichenschränke, Gemälde, eine Arbeit von Daniela Comani aus ihrer Serie *Eine glückliche Ehe*, Arbeiten von vielen anderen befreundeten Künstler*innen und natürlich ihre eigenen, Kunst von Stih & Schnock. Mitten im Raum, der einst ein Großraumbüro gewesen sein muss, steht eine der Bushaltestellen ihres genialen Beitrags *Bus Stop* zum Wettbewerb für das Berliner Holocaust-Mahnmal im Jahr 1995. Sie hatten die Idee, jeden Tag Linienbusse von einer Haltestelle am Brandenburger Tor nach Auschwitz fahren zu lassen. Leider haben sie damals nicht gewonnen, sondern – nun ja, lästern wir nicht über den einfallslosen Stelenwald. An einer Wand, Petersburger Hängung überall, sehe ich auch eine der Hinweistafeln mit Zitaten aus den Nürnberger Gesetzen, die zu ihrem realisierten, dezentralen Schilder-Mahnmal *Orte des Erinnerns* im Bayerischen Viertel gehört.

Zwanzig Jahre wohnten sie bereits hier, sagt Renata. Davor in einer noch viel größeren Fabriketage in Kreuzberg, die im Winter allerdings nur schwer zu heizen war. Eigentlich gar nicht. Irgendwann hätten sie das nicht mehr ausgehalten.

Während des Essens erzählt sie von ihrer Freundin Jane Kramer (der vom New Yorker) und ihren Milliardärsfreunden in Los Angeles, in deren Haus sie einmal mit Fiji Water aus der Flasche duschen musste, weil das Wasser abgestellt war. Zufällig sitze ich so, dass ich die Bücherwand im Blick habe, ich sehe Siegfried Kracauers *Straßen in Berlin und anderswo* in der Ausgabe der Bibliothek Suhrkamp, sehe PEMs *Heimweh nach dem Kurfürstendamm*, das ich so sehr mag, weil es von all dem erzählt, was die Kriegsjahre und die Zeit davor in Berlin zerstört haben. Und ich sehe *Transit Berlin*, das Buch von Gundel und Gert Mattenklott, das so wunderbar von West-Berlin berichtet. Frieder hat bemerkt, wohin ich schaue, fragt nach, und ich verrate, dass ich bei ihm, Gert Mattenklott, studiert habe. Sie kannten sich selbstverständlich.

Wir essen Rote Beete mit Radicchio, rotem Lachskaviar und Sardinen. Alles Rote sei gut gegen Gicht, sagt Renata. Allerdings sei der Gast, der an Gicht leide, nun gar nicht erschienen. Pech für ihn. Als Hauptgang servieren Stih & Schnock Kaninchen in Tomatensauce, violette französische Kartoffeln und dunkelrote, in Limoncello und Ingwer gedünstete Karotten. Zum Abschied schenken sie mir selbstgekochte Orangenmarmelade, das Etikett auf dem Glas sagt »Januar 2017«.

2017

BERLINER ZIMMER*

Ein Bekannter und seine Freundin sind in eine Kreuzberger Vorderhauswohnung gezogen, um die zweihundert Quadratmeter groß, Zimmer auch im Seitenflügel, Blick auf den Kanal. Wir sind zum Housewarming eingeladen und kommen zu fünft.

»Ist ja eine Traumwohnung«, sagt Hanna, die selbst in einer Traumwohnung lebt.

Die Schuhe sollen wir anscheinend ausziehen. In dem riesigen Berliner Zimmer – Wände wurden herausgerissen, eine schlichte dunkle Küchenzeile und eine Kochinsel eingebaut – unterhalten sich bereits viele Gäste. Alle stehen in Socken oder Strumpfhosen auf dem Parkett.

Sind wir zu spät? Nein, die vielen Briten, die sich hier versammelt haben, sind einfach sehr pünktlich erschienen.

Wir begrüßen und werden begrüßt, versorgen uns mit Getränken und sprechen über die Wohnung. Worüber

* Das Berliner Zimmer ist ein in Berliner Mietshäusern des 19. und frühen 20. Jahrhunderts vorkommender Wohnraum, der das Vorderhaus mit dem Seitenflügel (beziehungsweise den Seitenflügel mit dem Hinterhaus) verbindet. Es ist ein Raum, der trotz seiner relativen Größe nur über ein einziges, zum Hof hinausgehendes Eckfenster verfügt. Konstruktionsbedingt ist das Berliner Zimmer immer ein Durchgangszimmer.

sonst. Über diese Wohnung, Wohnungen im Allgemeinen und das Wohnen an sich.

Mir fallen andere, weniger prächtig renovierte Kreuzberger Wohnungen ein, Brittas in der Eisenbahnstraße zum Beispiel. Mit ihren einfachen, verzogenen und daher schlecht schließenden Vorkriegsfenstern. Britta heizt mit elektrischen Radiatoren, die mit vor dem Zähler abgezapftem Strom betrieben werden. Ihre Öfen hat sie seit Ewigkeiten nicht mehr befeuert.

Albrechts Wohnung fällt mir ein. Aus seinem Wohn- und Arbeitszimmer schaut er über den Heinrichplatz, Tag und Nacht ein Kreuzberg-Diorama vor den Fenstern, live. Das Haus, vor Urzeiten einmal ein besetztes Haus, gehört einer Genossenschaft, die vor einigen Jahren wegen Misswirtschaft fast pleite war. Jetzt ist alles wieder gut. Albrecht hat so viele Bücher in jedem Zimmer, dass er sich Sorgen um die Statik machte, bis ihn jemand beruhigte, dass die Decken und Böden der Berliner Wohnungen, in denen einst schwere Kachelöfen standen, sehr viele Bücher tragen können.

Isoldes Wohnung am Erkelenzdamm fällt mir ein, jenseits des Kanals und ein kleines Stück weiter. Ihr Haus ist ungewöhnlich schmal für einen Berliner Altbau. So schmal, dass es auf jeder Etage nur eine Wohnung gibt, und folglich wenig Treppenhausverkehr. Wurde deshalb schon bei allen Parteien eingebrochen? Das Kottbusser Tor und seine offene Drogenszene sind nicht weit. Auf ihrem Balkon wächst eine Birke, die mittlerweile, Isolde wohnt bald ein Vierteljahrhundert in ihrer Wohnung, viel zu groß für ihren Balkon ist.

Wir stoßen an, Hanna, Nora, Friederike, Jan und ich. Und ich erzähle von Herrn Rutschkys Wohnung in der Wartenburgstraße. Sie ähnelt dieser, deren Einweihung wir jetzt feiern, sehr. Nur dass Herrn Rutschkys Wohnung unsaniert ist. Und seit dem Einzug des Ehepaars Rutschky im Jahr 1984 nur sehr behutsam renoviert wurde. »Eher gar nicht«, sage ich. »In ihrer Küche gibt es noch den Hängeboden über der Kochmaschine, in der das arme Dienstmädchen ihren Schlafplatz hatte.«

»Und, nutzt er den noch?«, fragt Jan.

»Soweit ich weiß, wurde der zuletzt genutzt, als die Mieter dieser Offizierswohnungen glaubten, sich Personal halten zu müssen. Im vorletzten Jahrhundert.«

»Ein Schlafplatz über dem Herd? Ich weiß nicht«, sagt Nora.

»In Rutschkys Vorderhauszimmern mit Flügeltüren, üppigen Stuckdecken und Intarsienparkett stehen die Bücher lustigerweise in Regalen, die sie in den frühen siebziger Jahren aus heute antik wirkenden hölzernen Apfelsinenkisten zusammengestapelt haben.«

»Wohnt er jetzt alleine dort?«

»Mit Hund. Seit Katharina Rutschky gestorben ist, wohnt er mit Hund und Katze in der Beletage. Und hat mir neulich von einer Mieterhöhung erzählt. Seine Gesamtmiete liegt nun tatsächlich über fünfhundert Euro im Monat.«

Alle lachen.

»Weinen sollten wir«, sagt Jan.

»Diese Wohnung ist sicherlich ein bisschen teurer«, sagt Nora und schaut sich um. »Mir gefällt, dass das Berliner Zimmer jetzt eine große Wohnküche ist.«

»Das habe ich schon öfter gesehen«, sagt Friederike. »Zuletzt in Charlottenburg. Das Berliner Zimmer in eine offene Küche verwandelt. Der Herd muss dort allerdings mit Gasflaschen betrieben werden, weil der Hausherr auch ohne Anschluss nicht auf das Kochen mit Gas verzichten wollte.«

»Das wäre mir ja zu umständlich«, sagt Hanna.

»Mir gefallen Berliner Zimmer besser, wenn sie Bibliotheken sind. Und so die fensterlosen Wandflächen nutzen«, sage ich.

»Irgendwie muss man so ein Durchgangszimmer ja nutzen«, sagt Nora. »Hansi hat dort seinen Flügel stehen.«

»Hanna doch auch. Und ihre Bücher«, sagt Friederike.

»Hier ist es der soziale Raum. Die große Partyfläche«, sagt Jan. »Karin und Joachim hatten in ihrer Mommsenstraßenwohnung das größte Berliner Zimmer. Es war ein Saal. Ein Rittersaal. Für ihre Bankette und Tafelrunden.«

»Hier ist alles so schön neu. Neu verputzt und gestrichen«, sagt Nora. »Fast ein wenig unheimlich, dass ein Altbau innen so neu aussehen kann. Als wäre jede Erinnerung herausrenoviert worden.«

»Die Wandfarbe gefällt mir«, sagt Hanna.

»Der Farbton heißt Ammonite. Die Farbe ist von Farrow & Ball. Kostet ein kleines Vermögen«, sagt Friederike.

»Das kannst du sehen?«, fragt Jan.

»Die Malerin kennt sich halt mit Farben aus«, sage ich.

»Sie sieht hundert Abstufungen von Grau, wo wir gar nichts sehen.«

Jan weiß, dass der Gastgeber diese Wohnung kaufen konnte, weil er nach seiner Scheidung ein kleines Haus in Hackney, London, veräußert hat, dessen Wert sich in wenigen Jahren fast verdreifacht hatte.

Hanna erzählt von ihrer Kollegin und deren Freund, die so lange nach der perfekten Kreuzberger Wohnung suchten, bis sie sich nur noch eine in Lankwitz leisten konnten. Und dorthin zogen. »Deshalb sind sie jetzt auch nicht hier«, sagt sie. »Abends noch bis nach Kreuzberg zu fahren, ist ihnen nun zu weit.«

Friederike, das ist ihre Wohnungsgeschichte, hielt es eines Morgens nicht mehr aus im Luxus einer toprenovierten Sechs-Zimmer- Zionskirchplatz-Wohnung mit zwei Terrassen und einem Mann, den sie nicht mehr liebte. Zu Mittag bestellte sie ein Umzugsunternehmen. Und am Abend desselben Tages wohnte sie mit ihren zwei Kindern auf einmal in der Zweieinhalb-Zimmer-Wohnung des verstorbenen Freundes ihrer Mutter. Das Messingschild mit dessen Namen hängt noch immer an der Tür, seit bald fünf Jahren.

Wir tanzen nun ein bisschen. Auf Socken. Die Musik gefällt. Und wir bemerken, wie gut sich in Strümpfen über das frischverlegte Fischgrät gleiten lässt.

Wir zerstreuen uns, füllen die Gläser auf mit dem guten Gin, finden uns in neuen Konstellationen wieder zusammen und erzählen uns weiter Wohnungsgeschichten. Es gibt so viele.

Jan hat sein Notizbuch gezückt. Vielleicht schneidet er sogar, das macht er manchmal, unsere Gespräche mit. Er schreibt noch an dem Buch über seine schwierige, zuletzt aber erfolgreiche Wohnungssuche. Vielleicht werden wir einiges von dem, was wir uns heute erzählen, in seinem nächsten Buch wiederfinden? Nora, selbst auf Wohnungssuche, berichtet von einem ehemals verheirateten, nun geschiedenen Freund, der in einem vor Jahren günstig erworbenen Hochparterrepalast wohnte. »Nähe Victoria-Luise-Platz«, sagt sie, »beste Schöneberger Lage. Mit einem Vorderhausbalkon, von dem er sich bequem in den Vorgarten übergeben konnte. Sein Berliner Zimmer hatte eine Besonderheit: durch einen schmalen Dienstbotengang an der Brandmauerseite konnte er um den Raum herumlaufen. Die schöne große Wohnung musste er nach seiner Scheidung allerdings verkaufen, weil sie nach achtzehn Jahren auf einmal so viel wert war, dass er es sich nicht leisten konnte, seine Frau auszuzahlen.«

»Das sind die Tücken der Zugewinngemeinschaft«, sagt Friederike, die sehr jung schon mal verheiratet war.

»Probleme, die andere gerne hätten«, zitiert Jan ein Lied von Christiane Rösinger. Und ich fange an zu summen.

»Von dem Geld, das dem Freund blieb«, sagt Nora, »hat er sich eine kleine, überteuerte Neubauwohnung in Parkrandlage gekauft. In einer nicht ganz so guten Gegend.«

»Lage, Lage, Lage«, sagt Jan, der während seiner langen Suche viele schöne Wohnungen weit außerhalb des S-Bahnrings besichtigt hat.

»Habt ihr von Eva gehört?«, fragt Friederike.

»Nein, wie geht's ihr?«

»Sie wurde von ihrem Ex-Mann aus ihrem Dahlemer Elternhaus herausgeklagt. Aus der schönen kleinen Villa mit den grünen Fensterläden, in der ihre Familie vierzig Jahre zur Miete gewohnt hat. Sie hatte den Fehler gemacht, in Gütertrennung lebend, ihren Mann das Haus sehr günstig allein auf seinen Namen kaufen zu lassen.«

»Und wo wohnt sie jetzt?«, fragt Nora.

»In einer Zwei-Zimmer-Wohnung im Afrikanischen Viertel, Wedding. Und ihr gefällt's ganz gut.«

»Hat ihr Ex sie eventuell nur wegen des Hauses geheiratet?«, fragt Hanna.

»Könnte schon sein.« Friederike lacht.

»Hanna, hast du nicht auch so ein Ex-Problem? Nur umgekehrt?«, fragt Nora.

»Ja, er will einfach nicht ausziehen. Deshalb habe ich jetzt auch ein Zimmer in Neukölln.«

»Wie, du gibst deine Wohnung auf?«, fragt Jan.

»Nein, natürlich nicht. Jamais.«

»Wer würde das schon? Sie wohnt in der schönsten Wohnung von Prenzlauer Berg. Mit Balkon zur Gethsemanekirche«, sagt Friederike.

»Ich kann den Kindsvater verstehen«, sage ich. »Ich würde auch mit der schönsten Frau in der schönsten Wohnung von Prenzlauer Berg wohnen bleiben wollen.«

»Hör auf rumzuschleimen«, sagt Friederike.

»Ist das die Wohnung, in der du aufgewachsen bist? In der schon deine Eltern gewohnt haben?«, fragt Jan.

»Ja. Ich bin zurückgezogen«, antwortet Hanna.

»Und dein Liebhaber hat keine eigene Wohnung?«, fragt Nora.

»Der wohnt halt noch mit seiner Ex und den beiden Kindern zusammen in Kreuzberg. Deshalb haben wir ein Zimmer in Neukölln.«

»Alles so kompliziert heutzutage«, sagt Jan.

»Und ich frage mich manchmal, in wie vielen Berliner Wohnungen ich schon gewesen bin«, sage ich.

»Hängt ganz davon ab, von wem du dich so hast abschleppen lassen in den letzten Jahren«, sagt Friederike.

»Oder ob du mal als Weihnachtsmann gearbeitet hast«, sagt Jan.

»Oder als Heizungsableser«, sagt Nora.

»Oder überhaupt mal irgendwohin eingeladen wirst«, sagt Friederike.

»Wolltest du nicht mal ein Buch schreiben über all die Betten, in denen du gelegen hast?«, fragt Jan.

»Über alle Wohnungen, in denen du Sex hattest?«, fragt Hanna.

»Das wäre aber ein dünnes Buch geworden«, sagt Friederike.

»Kommt ganz darauf an, wie ausführlich er jede einzelne Wohnung beschrieben hätte«, sagt Jan.

»Mercedes Lauenstein hat doch so ein Wohnungsbuch geschrieben«, sage ich. »Die Erzählerin klingelt nachts bei Unbekannten, die noch wach sind, und hört sich ihre Geschichten an. Schläft aber eher nicht mit ihnen.«

»Das Buch spielt in München. Nicht in Berlin.« Friederike hat es ebenfalls gelesen.

»Ob ein Zählerableser sich noch für die Wohnungen interessiert, in denen er die Heizung abliest? Oder marschiert er völlig abgestumpft durch all die Behausungen, die er besuchen muss?«, fragt Nora.

»Zählerableser müssen abgestumpft sein. Sonst halten sie das gar nicht aus. Es gibt so viele fürchterliche Wohnungen«, sagt Hanna.

»Meine erste Kreuzberger Wohnung mit Berliner Zimmer habe ich 1987 oder 1988 gesehen«, sage ich. »Zu Besuch in einer WG in der Skalitzer Straße.«

»Hört, hört, Opa erzählt vom Krieg!« Friederike ärgert mich wieder.

»Ich war mit einem Schulfreund nach Berlin getrampt. Unsere Übernachtungsmöglichkeit fiel aus, also rief ich eine Studienfreundin meines Vaters an, die ich kaum kannte. Und so kamen wir in ihrer Kreuzberger Riesen-WG unter. Eine ihrer Mitbewohnerinnen hatte eine wunderschöne siebzehnjährige Tochter, in die ich mich sofort verliebt habe. Ihr Vater war ein seit dem Ende seines Studiums verschollener Inder.«

»Boring«, sagt Friederike.

»Er verliebt sich halt immer. Wie süß«, sagt Nora.

»Moment. Als ich sie drei Jahre später, ich wohnte mittlerweile in Berlin, wiedersah, konnte sie sich überhaupt nicht an mich erinnern. Die zweieinhalb Tage, die wir zusammen verbracht hatten – ich erinnerte mich an jede

Einzelheit und konnte diese Tage in meinem Kopf wie einen Film auf Videokassette vor- und zurückspulen – hatte es für sie anscheinend gar nicht gegeben. Nicht einmal, als ich ihr erzählte, dass wir, wenn auch nicht miteinander, so doch immerhin in einem Bett geschlafen hatten, eine Nacht zumindest, erinnerte sie sich.«

»Da hast du wohl keinen allzu tiefen Eindruck hinterlassen«, sagt Friederike.

»Oder du hast das alles nur geträumt, während du in einem Stockbett im Jugendhotel in der Meininger Straße gelegen hast«, sagt Nora.

»Oder, andere Erklärung, sie hat einfach zu viel gekifft«, sagt Hanna.

»Interessant, dass du die Erinnerung mit einer Videokassette vergleichst, die es auch schon lange nicht mehr gibt«, sagt Jan.

»Damals, während ich diese Tage im Kopf vor- und zurückspulte, war Berlin mein Sehnsuchtsort. Allein der Klang *Berlin*. Dieses lange *i*, in dem Licht und Verheißung steckten. Vergangenheit, Versprechen und Möglichkeit. Manchmal kneife ich mich, weil ich es fast nicht glauben kann, dass ich nun schon so viele Jahre in diesem erträumten Berlin lebe.«

»Als geborene Berlinerinnen sind Fritzi und ich für solche Gefühle nicht so empfänglich«, sagt Hanna.

»Er schwärmt wieder!«, sagt Friederike. »Gebt ihm einfach nichts mehr zu trinken.«

Wir stehen auf dem Balkon, rauchen und schauen über

den Kanal und das dunkle Urbanhafenbecken. Der Gastgeber steht zwischen uns, und ich frage ihn, ob er eigentlich wisse, wie gefährlich es sei, Schriftsteller*innen in die eigene Wohnung einzuladen. Und gleich so viele.

»Wieso?«

»Weil die sich alles merken. Später liest du dann irgendwo, wie es bei dir zuhause aussieht.«

»Ja? Da bin ich gespannt«, sagt er.

»Ging mir selbst so, als ich Jan mal, er hatte sich gerade getrennt und keine Wohnung mehr, bei uns zuhause habe übernachten lassen. Ein Jahr später sitze ich in einer seiner Lesungen, und er überrascht mich mit einer detaillierten Inspektion unserer Wohnung. Jedes Möbelstück, jede Spielfigur in jedem Regal, die Bilder an den Wänden, die Pfeffermühle in der Küche und die Kaffeemaschine neben dem Herd hat er beschrieben.«

»Das möchte ich lesen«, sagt der Gastgeber, dem wir selbstverständlich zur neuen Wohnung gratuliert haben. Wir loben jetzt auch ihm gegenüber die Renovierung und die Farbgebung der Wände. Und ich erspare ihm, erzähle nicht, dass ich vor Jahren schon einmal in diesem Haus gewesen bin. In einer anderen, kleineren Wohnung. Erzähle also nicht von der Frau, mit der ich in einem Chor zusammen gesungen habe, die vor der Sanierung des Hauses hier lebte und dann aus ihrer Wohnung verdrängt wurde. Heute wohnt sie, sie hat jetzt zwei Töchter, in einer Wilmersdorfer Genossenschaftswohnung. Aufgewachsen aber war sie nicht weit vom Hermannplatz, in einer Zeit, als Neukölln noch eine fast verbotene Zone war. Auf einem Spaziergang hat sie mir ihre Straße, heute voller Cafés, mal gezeigt.

»Wer hat wohl vor vierzig, fünfzig, neunzig Jahren hier gewohnt?«, fragt Nora. Der Gastgeber ist weitergewandert.

»Wer es nur lange genug aushält in einem Haus, erfährt da so einiges«, sagt Hanna.

»Bewohner ziehen ein und wieder aus. Manchen wird gekündigt, andere werden von der Polizei abgeholt und abgeschoben«, sagt Jan. »Und nach fünfundzwanzig Jahren hat Berlin die Hälfte ihrer Bewohner ausgewechselt.«

»Eigentlich hätten wir Weihrauch und Myrrhe mitbringen müssen, um die Wohnung einzuweihen«, sage ich.

»Um den Mief und böse Geister zu vertreiben? Ja, wer hat hier wohl gewohnt, bevor Berlin während des Krieges judenfrei wurde?«, fragt Friederike.

»Liegen Stolpersteine vor dem Haus? Müssen wir nachher mal nachsehen«, sagt Jan.

»Als Kind«, sagt Friederike, »habe ich in einem Haus in Wilmersdorf gelebt, vor dem heute zweiundzwanzig Stolpersteine liegen. Und um ehrlich zu sein, das Haus fühlte sich immer komisch an. Unheimlich. Ich habe nicht gern dort gewohnt.«

»Erinnert ihr euch an Katharina von Dingsbums, mit der ich mal befreundet war?«, frage ich.

»Die Gräfin aus der Stabi? Die Juristin?«, fragt Jan.

»Ja. Als ich sie kennenlernte, wohnte sie in einer schönen, sehr günstigen Vorderhauswohnung im Bayerischen Viertel. Der Hälfte einer früheren Riesenwohnung. Den maschinengeschriebenen und später handschriftlich ergänzten Mietvertrag, sie hat ihn mir mal gezeigt, hatte sie von ihrer Großmutter geerbt.«

»Und?«, fragt Friederike.

»Das Mietverhältnis hatte am 1. September 1939 begonnen.«

»Du meinst, ihre Großmutter war in eine Judenwohnung gezogen?«, fragt Jan.

»Sehr wahrscheinlich. Und wahrscheinlich hatte sie auch die Möbel übernommen. Katharina hatte nämlich schönste Biedermeiermöbel.«

»Fällt euch auf, dass nur noch Deutsche da sind?«, sagt Nora. »Die Engländer sind alle gegangen.«

Das Berliner Zimmer hat sich fast geleert.

»Die Engländer sind eben höflich. Sie gehen, wenn sie betrunken sind«, sagt Jan.

»Ob wir gleich rausgeschmissen werden?«, fragt Hanna.

»Wir verabschieden uns jetzt auch«, sagt Friederike. Und dann fällt es uns gar nicht so leicht, unsere Schuhe wieder anzuziehen.

»Ich möchte mal ein Jahr nicht über Wohnungen reden müssen«, sage ich im Treppenhaus zu Friederike.

»Musst du ja nicht«, sagt sie. »Du hast doch eine.«

»Nur geliehen. Im Grunde nur geliehen«, sage ich.

»Ja, ja. Wir wohnen alle nur auf Zeit hier. Sagst du immer. Ist bekannt. ›Dies Haus ist mein und doch nicht mein / Der nach mir kommt, kann's auch nur leih'n. Und den Vierten trägt man auch hinaus.‹ Das zitierst du doch so gern.«

»Und wohin jetzt?«, fragt Hanna, als wir auf der Straße stehen. Keine Stolpersteine vor dem Haus. Nur ein neuer fancy Kaffeeladen im Erdgeschoss.

»Lass uns noch in unser Wohnzimmer fahren«, sage ich. »In unser Berliner Zimmer.«

»Ins Haliflor also«, sagt Friederike.

Jan steigt auf sein Rad, Nora winkt nach einem Taxi.

2017/2021

DIE HALLE SCHWEBT

So lange wieder eine Straßenbahn über die Seestraße rollt, so lange fahre ich an den Osram-Höfen vorbei. Heute steige ich endlich einmal an der gleichnamigen Haltestelle aus, gehe über den dreieckigen Platz, der nach dem frühen Sozialdemokraten und *Vorwärts*-Mitbegründer Wilhelm Hasenclever benannt ist, und spaziere in die gelb-rote Klinkerfestung hinein, die daran erinnert, dass im Wedding zwischen Liebenwalder und Oudenarder Straße einmal Dinge hergestellt wurden. Sigmund Bergmann begann hier um 1890 elektrische Anlagen zu produzieren, ab 1904 kamen Glühlampen (vulgo: Glühbirnen) hinzu. Die sich damals entwickelnde Elektroindustrie war die New Ecomomy des späten Kaiserreichs und errichtete sich bald große feste Burgen wie die Osram-Höfe – dabei steckt auch in diesem imposanten Bau hinter der Backsteinverkleidung eine Stahlskelettkonstruktion, die stützenarme Fabrikationssäle ermöglicht. Über fünftausend Arbeiter waren hier beschäftigt, in einem der größten Glühlampenwerke Europas, 1990 wurde die Produktion eingestellt. Heute kommen die meisten Leuchtmittel aus China. Die Osram-Höfe aber wurden nicht abgerissen, sondern umgebaut und umgewandelt. Ein Banner an der Fassade verkündet »Vermietung!«.

»Lassen Sie sich von unseren Auszubildenden verwöhnen« lese ich in dem Schaukasten, der auf das Ausbildungsrestaurant der SOS-Kinderdörfer hinweist. Jeden Tag gibt es Mittagstisch für 4,50 Euro. Es gibt auch, ich könnte mir die Haare schneiden lassen, einen Hoffriseur. Im SOS-Berufsausbildungszentrum werden junge Menschen zu Friseurinnen und Friseuren ausgebildet.

Einige der hohen, früher rauchenden Schornsteine – sie sehen aus wie aus kleinen Bauklötzchen zusammengesetzt – stehen noch in den Höfen, es erhebt sich auch ein bergfriedartiger Uhrturm, dessen großes Ziffernblatt, es ist einem Zahnrad nachempfunden, allerdings nur noch einen Zeiger besitzt. Den großen Zeiger. Er bewegt sich nicht und zeigt – wie lange schon? Für immer? – Dreiviertel. Von welcher Stunde verrät er nicht.

Ich bin in den Teil der Osram-Höfe geraten, die unter dem Namen »Carrée Seestraße« firmieren. Höre ich »Seestraße«, muss ich oft an endlose Monopolyspiele denken: »Rücken Sie vor bis zur Seestraße«, befiehlt eine der Ereigniskarten. Das Hybridwort *Carrée* (eigentlich müsste es, wenn schon Französisch, *carré* heißen) gehört, weniger prätentiös falsch geschrieben, zwar zum Berliner Jargon (»eenmal ums Karree«), klingt hier, im früheren Glühlampenwerk, jedoch recht möchtegern – und transportiert zugleich eine eher altbackene Sehnsucht nach Mondänität, die Orte wie die ehemalige Zentralmarkthalle am Alexanderplatz, die sich »Berlin Carré« (sic!) nennt, und das Carrée Seestraße selbst nicht bieten. Ein Kastenwagen des Charité Facility

Management parkt auf dem verbundsteingepflasterten zweiten Hof, auf einem Schild lese ich: »Das Anbinden von Hunden ist auf dem Gelände verboten!«

Ob sich alle daran halten, kann die Polizei kontrollieren, denn auch der Polizeiabschnitt 35, Oudenarder Straße, befindet sich in den Osram-Höfen. Vor einigen Jahren haben sich innerhalb einer Woche – das fällt mir ein, weil ich die kurze Meldung damals aus der Zeitung ausgerissen hatte – zwei Beamte dieser Wache mit ihren Dienstwaffen erschossen. Warum? Das habe ich nie erfahren.

Weitere Ankermieter des Carrée Seestraße heißen »Ulla Popken Lagerverkauf« und »Marc Cain Factory Outlet«, beides Damenoberbekleidungsgeschäfte. Ich betrete das von Marc Cain und werde sogleich aufgefordert, es steht auf einer Tafel, meine Tasche einzuschließen. Zum Glück habe ich weder Hund noch Tasche dabei, weshalb ich schon nach wenigen Schritten tief im flauschigen Flor des hellgrauen Teppichbodens versinke und mich in gleich mehreren Spiegeln betrachten kann. Neben meinen Spiegelbildern erblicke ich nur weibliche Kundschaft und Verkäuferinnen zwischen Kleiderständern und weißen Lackmöbel-Elementen. Und mir gefällt's. Trotzdem kaufe ich keine Outlet-Bluse und keinen reduzierten Blazer, sondern wechsle in ein Fachgeschäft für Schulmappen, Schulrucksäcke und Rollkoffer. Mehr Ranzen und Tornister habe ich nie zuvor auf einem Haufen gesehen. Zettel an den Regalen weisen die Kundschaft darauf hin, dass es verboten sei zu fotografieren. Warum? Damit ich hier begutachtete Taschen später nicht günstiger im Internet bestelle? Die vielen, viel zu bunten Ranzen schüchtern mich ein, ich befürchte, gleich wieder zur Schule gehen zu müssen. Schnell hinaus, zurück auf den Hof, auf dem einige Schüler*innen der Charité Gesundheitsakademie unter dem Uhrturm zusammenstehen. Sie haben Pause und rauchen. Ein Aushang der Verwaltung bittet darum, Zigarettenkippen nicht in die Papiermülleimer zu werfen.

Ob die Pflegeschüler*innen sich hin und wieder mit den anderen, auffallend gutaussehenden jungen Menschen auf der anderen Seite der Oudenarder Straße treffen? Auf dem Aldi- und Nettoparkplatz des nördlichen Hofgeländes lungern zur gleichen Zeit die Studierenden des »Institut für Schauspiel, Film und Fernsehberufe an der VHS Berlin Mitte« herum, ebenfalls rauchend – allerdings viel fotogener. So als erwarteten sie, hier und jetzt, in dieser Industriekulisse von einer Casting-Agentin entdeckt zu werden. Die Dreharbeiten des nächsten Berlin-Films könnten gleich beginnen, seine Darsteller*innen haben sich schon eingefunden vor den gelb-roten Backsteinmauern, den alten Lastenaufzügen und den erblindeten Fensterflächen. Sie müssten sich nur ein wenig kostümieren, dann könnten sie in einem noch zu produzierenden Berlin-Historienfilm mitspielen, der die Geschichte von Billy Joels Großvater Karl Amson Joel erzählen sollte, welcher hier in den Osram-Höfen, Oudenarder Straße, einst eine bekannte Wäschefabrik besaß. Ein gewisser Josef Neckermann, noch im Jahr 1996 auf einer Briefmarke der Deutschen Post als »Wohltäter des Sports« geehrt, ergaunerte sich 1938 diese Wäschefabrik. Der deutsche Jude Joel überlebte Verfolgung und Weltkrieg mit viel Glück. Er konnte sich, fast mittellos, in die USA retten, während der Nazi und Arisierungsgewinnler Neckermann sich in Joels Villa in Berlin-Westend einnistete und dessen Wäsche-Versand in den Wiederaufbaujahren zu dem bekannten Versandhandels- und Reiseunternehmen umbaute, das seinen Namen trug und als Marke weiterexistiert.

Wäre, wenn die Geschichte ein wenig anders verlaufen wäre, Billy Joel vielleicht ein Sänger aus dem Wedding geworden? Hätte er auf Deutsch von einem Mädchen aus Neu-Westend oder Lichterfelde statt über ein Uptown-Girl gesungen? Wahrscheinlich nicht.

Die Osram-Höfe machen mich plötzlich wahnsinnig traurig. Haben die Polizisten, die hier Wache schoben, diese Traurigkeit nicht ausgehalten? Haben sie sich deshalb erschossen?

Auf dem Weg Richtung Leopoldplatz heitert die moderne Außenfassade des Zwischenkriegs-Anbaus Groninger / Ecke Oudenarder Straße mich ein wenig auf. Die Erweiterung sieht aus, als wäre ein Stück vom Turiner Lingotto im Wedding gelandet. Die beiden unteren Geschosse des Gebäudes sind mit violetten und gelben Klinkern zu einem massiven Sockel zusammengefasst, die Fenster als große Öffnungen ins Mauerwerk geschnitten. Darüber sitzt ein riesiger verglaster Kubus, dem schlanke, außen vorgesetzte Pfeiler eine vertikale Ordnung geben – Pfeiler, die, das ist der Witz dieses Anbaus, auf Höhe des Sockels expressionistisch austropfen. Sieh an, diese Pfeiler müssen gar nichts tragen. Diese Halle schwebt.

2015

GEFLÜCHTET NACH BERLIN

I

Fady und ich trafen uns zum ersten Mal im Sommer, Mitte August, es war heiß. Bis dahin hatten wir uns nur Facebook-Nachrichten geschrieben, er antwortete meist sofort. Wir verabredeten uns am S-Bahnhof Oranienburger Straße, zehn Minuten vor dem vereinbarten Zeitpunkt rief er an, er sei schon da. Wir schlenderten durch die Auguststraße, plauderten, tauschten uns aus. Er sei zu Besuch in Berlin, begann er zu erzählen, wohne bei einem syrischen Freund in Marienfelde und suche nach einer Möglichkeit, legal in Berlin zu leben. Um nach Berlin umzusiedeln, brauche er eine offizielle Arbeit und einen Arbeitsvertrag. Vom Leben auf einem Dorf in der Nähe von Gummersbach (Gummersbach in der Nähe von Köln) habe er genug, die Stadt, Freunde und Inspiration fehlten ihm. Wir sprachen Englisch, Deutsch hatte er noch nicht gelernt.

Er erzählte seine, im Vergleich zu anderen komfortable, Fluchtgeschichte: Eine Einladung zu einem Opernfestival nach Frankreich, ein Flug aus der Türkei, in der er fast ein Jahr verbracht hatte. Den Veranstaltern des Festivals musste er versprechen, nicht in Frankreich zu bleiben, also kam er mit einer Mitfahrgelegenheit – er nannte den Namen des französischen Anbieters BlaBlaCar – nach Deutschland und beantragte Asyl.

2

Dear Fady, how are you? Where are you right now? Are you writing? I'm sitting in the Grimm Library in Berlin. It's raining and I'm trying to write about Berlin. Berlin is one of my topics, has been for years.

Do you write these days? Do you write every day? What did you write and what did you do before you came to Germany?

I came to Germany 46 years ago, the day I was born. Quite boring. But my father is from Austria, so there is a little otherness in me. And I grew up with an English stepmother (but I wasn't too fond of her).

I've been a writer for more than twenty years now and I'm still not bored. Sometimes I wonder why. There were times when I wanted to stop, when I thought of doing something completely different, something ordinary, stable, less exhausting – but there was always a new book to write. Still, I'm not quite sure how this writing thing works. From time to time I teach writing – but I keep asking myself: how can I since I don't really know how to write?

3

Wie würde ich mich fühlen, wenn alles um mich herum, wenn all das, was mir lieb und wichtig und vertraut ist, plötzlich nicht mehr da wäre? Wenn ich alles verlieren würde? Wenn ich Berlin verlieren würde? Als ich jünger war, habe ich einige Male versucht, eine solche Situation herzustellen, zu simulieren; einige Male bin ich abgehauen, um anderswo neu anzufangen, bin ins Ausland gegangen, habe ein Jahr mal nichts von mir hören lassen – ich wollte vom Verlust erzählen. Dann aber konnte und bin ich doch immer wieder zurückgekommen. Ich weiß also nicht, wie es ist, alles zu verlieren – weiß aber, das ist meine Geschichte, wie es sich anfühlt, morgen oder übermorgen eventuell nicht mehr zu leben. Und ich weiß, was es bedeutet, ein neues, ein zweites Leben geschenkt zu bekommen.

4

17. August 2017
Zu Fuß in die Oranienburger Straße, Fady schreibt, er sei schon da und ruft an, da bin ich noch auf dem Weg. Wir treffen uns vor dem Postfuhramt, er ist, Zufall, gerade in Berlin, zu Besuch bei einem Freund. Er hat einen Bauch, einen Vollbart, ist nicht groß und trägt ein gebügeltes hellblaues Hemd zu Jeans, sein Jackett hat er ausgezogen, es hängt über seinem Arm. Er spricht leidlich Englisch und kaum Deutsch. Wir spazieren Richtung Auguststraße, er

erzählt, ich erzähle, und setzen uns ins Hackbarth's, draußen, blicken auf die Vorübergehenden, Sommer in der Stadt, alle sind schön. Vier Monate saß er in Syrien im Gefängnis, ein halbes Jahr war er in Beirut, neun Monate in der Türkei, in Gaziantep, einer Stadt im Südosten Anatoliens. Er sei dann nach Frankreich eingeladen worden, zum Opernfestival in Aix-en-Provence, er habe das Libretto zu einer Oper geschrieben, die dort aufgeführt wurde, und sei anschließend nicht in die Türkei zurückgekehrt, sondern mit seinem zwanzig Tage gültigen Schengen-Visum nach Deutschland weitergereist, um Asyl zu beantragen. Seinem Bruder und dessen Frau sei es mittlerweile gelungen, eine Wohnung in der Pariser Banlieue zu finden. Seine Eltern seien in einer Kleinstadt in der Nähe von Damaskus zwar nicht in Sicherheit, immerhin aber so sicher, wie Syrer in Syrien heute leben können.

Ich frage ihn, ob er zornig sei. Frage ihn nach der Wut. Er sagt, die Wut sei mittlerweile kalt: Kalt wie ein spitzes Stück Stahl.

Seit fast zwei Jahren sei er in Deutschland. Und es sei schade, dass er nicht nach Berlin ziehen dürfe, er brauche die Stadt. Er lebe in einem Dorf in der Nähe von Gummersbach, weit weg von Köln. Zu weit. Er trinkt Bier, ich Kaffee und ich frage ihn nach den Kaffeehäusern in Damaskus und nach Tee, und wie er dort getrunken wird.

Wir spazieren zu dem syrischen Imbiss in der Torstraße, dem neben dem Toca Rouge – bemerke dabei jedoch, dass er nicht gern zu Fuß geht. Bringe ihn später mit der Tram zum U-Bahnhof Oranienburger Tor, er möchte in die Görlitzer Straße, es gibt dort ein anderes syrisches Lokal, in dem er vielleicht arbeiten könnte.

2018

TÜTE IM WEDDING

»Und in welche Ruine ziehst du mich heute?«

»Das Gebäude steht bloß leer, es war mal ein Seniorenheim, erbaut von Werner Düttmann.«

»Es ist schon ganz schön überwuchert.«

»Hier siehst du den fließenden Übergang von Berliner Verwahrlosung zum Verfall.«

»Zeigst du mir jetzt nicht schon den dritten Düttmann im Wedding?«

»Waren es nicht noch mehr?«

»Das frühe Wohnhaus in der Stettiner Straße, der Block in der Putbusser Straße und ...«

»... das Eckhaus in der Gottschedstraße. Mit den Wasserflecken.«

»Ach ja, das mit den Düttmann-Fenstern und den wie ausgesägten Balkonen mit Blick auf das ExRotaprint-Gelände.«

»Düttmann-Fenster? Was sind Düttmann-Fenster?«

»Sie schauen aus seinen Fassaden: Nicht heiter, nicht streng – sie schauen dich einfach an.«

»Abweisend?«

»Aufgeräumt vielleicht. Geklärt. Sicher.«

»Und was sagst du zum Seniorenheim?«

»Mir gefällt die Ziehharmonika-Fassade. Und die Überwucherung.«

»Ich mag die Kirchenfensterwand.«

»Dürfen wir überhaupt hinein?«

»Lass uns doch schauen. Wird schon keiner schießen.«

»Es muss mal sehr modern gewesen sein. Und neu.«

»Ja, einst. Es ist nur ein Weilchen her. So um 1952 herum.«

»Kabeldiebe waren schon da!«

»Und die rücksichtsvollen Graffiti zitieren die Farben des Fensterbildes im Treppenhaus.«

»Schade, dass das alles vergammelt. Ich könnte mir vorstellen, hier zu wohnen.«

»Im Alter?«

»Oder jetzt. Die Gebäude vermitteln Feriengefühle.«

»Das macht vielleicht der Anstrich. Südländisch-Gelb für den letzten langen Urlaub.«

»Auf einem der Balkone sitzen, sich sonnen, lesen und auf den Essensgong warten, das wär's.«

»An dem roten Handlauf im Gang könntest du dich Richtung Speisesaal schleppen. Über den Linoleumboden schlurfen.«

»Schau, Betten stehen noch in den Zimmern. Sie ließen sich sogar elektrisch verstellen!«

»Die Matratzen fehlen. Wo die hin sind?«

»Waren das Doppelzimmer?«

»Sieht so aus. Viererzimmer soll es auch gegeben haben.«

»Elegante Balkonstützen, sie sehen wie Stimmgabeln aus. Und der Speisesaal – oder war das die Turnhalle der Senioren? – hat mit runden Aussparungen gegossene Sparren. Löcher tragen das Dach!«

»Edamer-Beton, scheint zu halten. Und die Götterbäume klopfen an die Scheiben.«

»Ob Düttmann die Überwucherung schon eingeplant hat? Gute Architekten denken doch mindestens drei Generationen voraus.«

»Ob er den Ruinenwert mitgedacht hat, meinst du? Das bezweifle ich. Von Ruinen hatte er sicherlich genug. Ruinen gab es nach dem Krieg ja einige in Berlin.«

»Dass die Anlage mir jetzt so sehr gefällt, dass ich am liebsten einziehen möchte, spricht aber doch für sie.«

»Du hast vermutlich Sehnsucht nach dem Beton deiner Kindheit. Nach der Zeit, in der deine Eltern jung und du selbst noch nicht auf der Welt warst. Nach Jahrzehnten, die du verpasst hast.«

»Vor fünfundzwanzig Jahren hätte ich dieses Ensemble hässlich gefunden, das weiß ich.«

»Weil du damals selbst noch keine fünfundzwanzig warst und den Stil der Bauten, mit denen du aufgewachsen bist, ablehnen musstest.«

»Stimmt, im Grunde erinnert dieses Altenheim an meine Grundschule.«

»Deshalb verklärst du es jetzt. Du betrachtest es sentimental.«

»Als Überbleibsel meiner Kindheit?«

»Ja.«

»Und ich dachte, ich sehe die Qualität und die hohe Baukunst. Die wolltest du mir doch zeigen.«

»Siehst du ja auch, das schließt ja keiner aus.«

»Und, hat der Architekt gegen Ende seines Lebens selbst hier gewohnt?«

»Es war ihm nicht vergönnt. Er war noch nicht alt genug, als er starb – dabei bin ich durchaus der Meinung, jeder Architekt sollte für einige Zeit in seinen Bauten wohnen müssen. Und wenn es bloß zur Strafe ist.«

»Haha, richtig!«

»Weißt du, dass ich schon öfter in dem Haus gewesen bin, in dem Werner Düttmann, seine Freunde nannten ihn Tüte, seine letzten Lebensjahre verbracht hat?«

»Nein. Wie kommt's?«

»Eine Freundin hat es gekauft. Eigentlich sind es zwei Häuser, zwei Reihenhäuser aus den zwanziger Jahren, die er miteinander verbunden und, wo immer es möglich war, mit Bücherregalen ausgekleidet hat. Sehr praktisch, die Freundin konnte mit all ihren Büchern einziehen.«

»Dieses Haus steht aber nicht in der Nachbarschaft, oder?«

»Nein, so weit ging seine Liebe zum Wedding dann doch nicht.«

2021

DAS KLEINE GROSSE RIESENMÜLLTÜTENMONSTER

Ein großes, mülltütenblaues Etwas ist auf dem Schlossplatz gelandet. Sieht aus, als wäre es aus einer japanischen Zeichentrickserie gefallen. »Humboldt-Box« heißt das Objekt, und es soll nicht weniger als das »neue temporäre Wahrzeichen Berlins« sein.

Dass ausgerechnet ein pseudo-futuristisches Gebilde für den Schlossneubau, das historistischste Unternehmen überhaupt, werben soll – auf die Idee muss, wer dort vorbeigeht, erst einmal kommen. Unschuldige Spaziergänger*innen müssen es für ein Monster halten, wie es da mit riesigen quadratischen Fensteraugen über den Lustgarten Richtung Altes Museum glotzt. Ist es ein Transformer, der nur darauf wartet, sich auseinanderzufalten und sein großes Zerstörungswerk zu beginnen? Sieht ungefähr so nicht ein gegen austretende Strahlung gesichertes Atomkraftwerk aus?

In einer für Berlin nicht untypischen Mischung aus Naivität und Masochismus wurde einem Privatunternehmen gestattet, an prominenter Stelle einen Infopavillon zu bauen. Nun wundert die Stadt sich, dass eine Firma, die »Megaposter« heißt, kein filigranes Gebilde in Kurpark-Ästhetik errichtet hat. Das Ding steht da und wird bleiben, mindestens bis 2019, vielleicht auch länger. Und braucht einen Namen. Der Berliner Boulevard hat zum Wettbewerb geblasen, auf dass eine weitere lustige Metapher die fiktive Berliner Architekturfolklore bereichere, die bereits eine Schwangere Auster, ein Gürteltier, eine Kommode, den Bierpinsel, den Telespargel und einen Wasserklops kennt. Bezeichnungen, die natürlich kaum ein Berliner (Ausnahme: »Bierpinsel«) je verwenden würde. Vorschläge bisher: »Tipp-Kick«, »Kiste der Republik«, »Todesstern«, aber auch vom »Kotzbrocken« war schon zu lesen. Die Stadt scheint sich seltsam einig in der Ablehnung der Humboldt-Box. Besucherinnen und Besucher werden trotzdem in Scharen kommen, die Kiste erklettern und begeistert sein, die Aussicht von oben ist toll, und das Café schmeichelt Nostalgikern mit der Kulisse eines Defa-Historienfilms.

Mit ein bisschen Schadenfreude ließe sich sagen: Der Ort hat bekommen, was er verdient. Der große Kotzbrocken reiht sich nahtlos ein in die Abfolge von Scheußlichkeiten, die dieser Platz schon gesehen hat: das Königliche Schloss, den Palast der Republik, das falsche Schloss aus Folie, die Kiste der temporären Kunsthalle und die elektrischen Weihnachtsmärkte mit ihren Fahrgeschäften und Fressständen. Die größte Scheußlichkeit aber verdankt diese Mitte von Berlin dem Wunsch des unseligen letzten deutschen Kaisers nach einem größeren Dom. Nach dem größten Dom. Auf Wilhelms Wunsch, und sein Wunsch war Befehl, wurde Karl Friedrich Schinkels Kirche abgerissen und der neobarocke Protzbau errichtet, den wir als Berliner Dom kennen, und der noch heute die Museumsinsel beherrschen würde, wenn, ja wenn dort nun nicht die Humboldt-Box stände.

Das kleine große Riesenmülltütenmonster vermag das Unglaubliche: neben ihm wirkt sogar der Berliner Dom, der Seelengasometer, zierlicher als er ist. Und das ist kein kleiner Verdienst.

Je länger ich die Kiste, diesen Kotzbrocken, das Monster ansehe, desto interessanter schaut es zurück. Und ja, auf einmal sieht es aus wie ein riesiger, nicht ganz regelmäßig gewachsener Kristall, der verrät, wie viel seine Architekten vom Büro KSV, das beinahe einmal das neue Bundeskanzleramt gebaut hätte, von Las Vegas gelernt haben. Sie haben einer Schachtel eine Form gegeben. Und so, wie Las Vegas sich ein Paris, Pyramiden und eine Venedig-Kopie errichtet hat, so will Berlin sich hinter dieser Kiste ein neues Preußen erbauen. Diese Kiste jedoch sagt ganz deutlich: Eigentlich möchten wir das lieber nicht. Vielen Dank dafür!

2011

WALLFAHRT ZU MARIA REGINA MARTYRUM

Ein eckiger, aufgebockter Riesenwalfisch? Ein weißes Luftschiff aus Waschbeton? Das Ding schwebte über dem Boden, glitzerte, blendete mich und ein goldenes Gebilde begann zu leuchten. Hatte ich eine Erscheinung?

Vom Bahnhof Jungfernheide war ich unter Platanen an Autowerkstätten und Gebrauchtwagenhändlern vorbeigewandert, an einer eingezäunten leeren Wiese, einem alleinstehenden Wohnhaus, dem Abholmarkt »Akbaba« und einem Großhandel, in dem ich alles für die Cocktailbar hätte erwerben können, die ich nie eröffnen werde. Ich hatte die Galerie der Haltestellen in der Lise-Meitner-Straße bewundert, eine Straßenmöbelinstallation, nicht weniger als sechs Schilder an sechs Rohrpfosten zeigten die Endhaltestelle der Buslinie M21 an, auf einigen war die Aufschrift »Hier nur Ausstieg« zu lesen. Ich hatte einen Bagger beobachtet, der sich durch die Gewerbehallen fraß, in denen »Teppichland Berlin« seine Auslegeware verkaufte, und einem der herumkurvenden Fahrschulwagen zugesehen, die in dieser Sackgasse Ein- und Ausparkmanöver übten. Ein Gelenkbus war durch die Wendeschleife am Ende der Straße gefahren (für seinen Fahrer fing alles wieder von vorne an), und ich war die großzügige, aus Beton gegossene Spirale hinaufgegangen, die auf den Goerdelersteg, eine Fußgängerbrücke aus Spannbeton führte, hundertsiebzehn Meter lang und viereinhalb Meter breit, 1974 anstelle eines alten Holzsteges erbaut, wie mein Telefon mir verraten hatte; ich hatte eine Skulptur bestiegen, ein unter all den Graffiti und Tags (»PALO«, »Polska 65«, »Sheriff«) tarngrün gestrichenes Sichtbetonjuwel. Ich war dem Schwung der hüfthohen Betonbrüstung gefolgt und hatte den Westhafenkanal unter mir, sein Wasser rau, grau-metallisch bewegt. Richtung Westhafen hatten leere Schubkähne in langer Reihe am linken Ufer gelegen, neben ihnen die Stadtautobahn, die sich schnurgerade am Kanal entlang zog, ich hatte den Verkehr rauschen hören und über Kleingärten hinweg weißlackierte Öltanks und die Justizvollzugsanstalt Plötzensee gesehen, neben der, wie ich wusste, die ehemalige Hinrichtungsstätte lag, in der in den Jahren bis 1945 fast dreitausend Gefangene geköpft oder gehängt worden waren, unter ihnen auch Carl Friedrich Goerdeler, der Namensgeber der Brücke, auf der ich stand. Die Kleingartenkolonien, die sich bis zum Horizont erstreckten, trugen Namen wie »Gute Hoffnung«, »Gemütlichkeit« oder »Wiesengrund«.

Jenseits des Kanals und der Stadtautobahn war ich hinabgestiegen in das Kleingartenlabyrinth, ich hatte Schmetterlinge durch die Kolonie Stichkanal fliegen sehen, Marmortische auf schmalen Verbindungswegen und Kunststoffschilder, die vor Pudeln warnten. Es hatte nach Wettbewerb und überreifen Äpfeln gerochen, ich hatte Schäferhundskulpturen und Rasenrechtecke bewundert, die wie Wohnzimmerteppichböden wirkten. Eine am Asternweg Unkraut jätende Frau hatte freundlich zurückgegrüßt, und in einem Glaskasten hatte ich die Wörter »Unterpächter« und »Vernässungssituation« gelesen (vermutlich zum ersten Mal), war auf die Wendung »nach dem Jahrhundertregen« gestoßen und hatte mich über die Ankündigung für das »Bienenfest am Querweg« gefreut.

Ich war dann an einem Sportplatz, einem Jugendzentrum und verwahrlosten Vorgärten der ersten Häuser der Paul-Hertz-Siedlung vorbeigewandert, die nach dem Krieg in die Kleingartenlandschaft hineingeklotzt worden war. Aus einem geöffneten Fenster im vierten Stock hatte ich einen Mann brüllen hören: »Kommste hoch? Oder biste zu feige?« – aber er hatte nicht mich, sondern einen Mann an der Bushaltestelle gemeint, einen Mann Mitte sechzig mit längerem, fast weißem Haar, Metallgestellbrille und einer nicht zugeknöpften schwarzen Lederweste über Unterhemd und Bauch, eine Plastiktüte in der Hand. Er hatte sich umgedreht, geblinzelt und gerufen: »Klingel?«

In einer Vitrine vor dem bröckelnden Gemeindezentrum Plötzensee hatte ich Strick- und Häkelsachen der Handarbeitsgruppe der Evangelischen Gemeinde betrachtet, Pullover und Stofftiere; eine von zwei Erzieherinnen begleitete Kindergartengruppe war mir entgegengekommen, alle Kinder in gelben Warnwesten, und ich war einem nicht alt wirkenden Mann begegnet, der sich, Fluppe im Mund und auf einen Rollator gestützt, in Zeitlupentempo vorwärtsbewegte. Schließlich hatte ich durch das offenstehende Tor in der Mauer den großen Hof vor der Kirche betreten – so leer, so weit und schön –, und hier stand ich nun auf sanft abfallendem Kopfsteinpflaster, sah Maria Regina Martyrum und staunte über diesen schwebenden Waschbetonschrein, den scheinbar schwerelosen Kasten, dessen Fassade ein wenig an die der Charlottenburger Deutschen Oper, an manches Parkhaus und einige bereits abgerissene westdeutsche Warenhäuser erinnerte, O du schöner Waschbeton, Oberfläche deiner Zeit.

Unter der in vier Meter Höhe schwebenden Kirche, dort, wo Profanbauten Raum für Parkplätze gelassen hätten, sah ich einen Altar für Freiluft-Gottesdienste, bis zu zehntausend Gläubige sollen in früheren Jahren auf diesem Appellhof des Glaubens Platz gefunden haben, heute war ich fast allein. Ich fühlte mich wie in einem großzügigen, sicher ummauerten Kleingarten ohne Pflanzen, dies war mein brutalistischer Hortus conclusus ohne Rosenhag. Übermannshohe, schwarz-graue Waschbetonplatten (Zuschlag: Basaltsplitt) schützten mich; die zum Zeitpunkt der Grundsteinlegung 1960 noch nicht ganz eingemauerte Stadt West-Berlin hatte sich hier ein sicheres Fort erbaut.

»Die Tür ist offen«, rief ein Mann in einem grauen Kittel, der das Pflaster kehrte und sich, wie ich bemerken konnte, ab und zu bückte, um Moos und winzige Pflänzchen aus den Ritzen zwischen den Granitsteinen zu kratzen. Der zur Straße hin frei stehende Glockenturm warf einen kurzen harten Schatten neben ihn. So ermuntert traute ich mich durch die Glastür, ging an der Betontreppe zur Oberkirche vorbei, kam zu einer Bronze-Pietà (von Fritz Koenig), vor der vier brennende Kerzen und ein Strauß rosafarbener Gerbera auf dem Steinboden standen, in dem ich die eingemeißelte Inschrift entdeckte, die da lautete: »Allen Blutzeugen denen das Grab verweigert wurde / Allen Blutzeugen deren Gräber unbekannt sind«. Ich verstand, Regina Maria Martyrum war die »Gedächtniskirche der deutschen Katholiken zu Ehren der Blutzeugen für Glaubens- und Gewissensfreiheit in den Jahren 1933–1945«. Während ich die in einem kleinen Schaukasten ausgestellten Abschiedsbriefe der in Plötzensee hingerichteten Alfred Delp und Nikolaus Groß las, begannen die Glocken zu läuten, ganz unbeabsichtigt war ich pünktlich zum Mittagsgebet der Nonnen des benachbarten Klosters der Unbeschuhten Karmelitinnen nach Maria Regina Martyrum gekommen. Die Nonnen, sie sangen bald *Meine Hoffnung und meine Freude*, saßen zu meiner Enttäuschung jedoch nicht barfuß in der Unterkirche, trotzdem lauschte ich ihrem nicht steinerweichenden, aber doch anrührenden Gesang und dachte über mein Problem mit dem Wort *Blutzeuge* nach: Wenn der Begriff auch eine seit dem 17. Jahrhundert gebräuchliche Eindeutschung des griechischen *Märtyrer* sein mag, durch die ausgiebige Verwendung in der Zeit, an deren Untaten hier erinnert werden soll (»Blutzeugen der Bewegung«), ist er doch kontaminiert.

Ich stieg hinauf in die Oberkirche und sah eine südfranzösische Madonna mit Kind aus dem frühen 14. Jahrhundert, das helle Holz der Bänke und das Altargemälde, das fast die ganze Stirnwand einnahm – nackter Beton hätte mir besser gefallen, aber was weiß ich, ich bin ja Protestant. Ich berührte, das war wohl nicht verboten, den Sichtbeton der Seitenwände, auf denen die Maserungen der Schalungsbretter mit Abdrücken von Astlöchern sichtbar waren, was ihnen die Anmutung von versteinertem Holz verlieh, und ich fragte mich wieder einmal, ob ich Sichtbeton so sehr liebe, weil meine Mutter ihre Kriegskindheit im Luftschutzbunker verbringen musste. Oder mag ich fast alle Bauten in béton brut, weil sie ungefähr so alt sind wie ich selbst, ein wenig älter, wie diese Kirche, oder ein wenig jünger, wie der Goerdelersteg, über den ich hierhergefunden hatte?

Draußen auf dem Hof, wieder geblendet von der glitzernden Carrara-Kieselwand (hergestellt mit Weißzement, erdacht von Hans Schädel) und der vergoldeten *Apokalyptischen Frau* über dem Eingang (ebenfalls von Fritz Koenig), fiel mir auf, dass diese Kirche, dieses Betonwunderwerk mit seiner schwebenden Klagemauer-Fassade nicht nur an die Ermordeten erinnerte, an Helmuth James Graf von Moltke, Bernhard Lichtenberg und all die anderen, die in Plötzensee oder anderswo hingerichtet worden waren, sondern, ob sie möchte oder nicht, auch an ein anderes, heute verschwundenes Betonmonument – an die nur wenige hundert Meter entfernt von hier 1993 abgerissene Speerplatte, einen nach Albert Speer benannten, etwa zehn Hektar großen horizontalen Großbelastungskörper aus Beton mit Bunkerbauten, auf dem die Logistik für die geplante Superbaustelle der zukünftigen Welthauptstadt Germania abgewickelt werden sollte. Heute befindet sich dort ein Gewerbegebiet.

2017

LETZTE RUNDE TEGEL (ZU FRÜH)

Sonnabend, den 2. Juni 2012 sollte der Flughafen Tegel eigentlich geschlossen sein. Nun bleibt er, Überraschung, doch geöffnet. Solange, bis der neue Flughafen fertig ist. Für mindestens neun Monate. Und, ja, ich freue mich über die Nachspielzeit. Ich hatte mich schon von ihm verabschiedet. Hatte gedacht, ich wäre bereits zum letzten Mal von Tegel abgeflogen. Und zum letzten Mal in TXL gelandet.

Wie sah es, wie sieht es aus in Tegel? Großes Durcheinander an den Bushaltestellen, Gedränge im Eingangsbereich, eine fünfzig Meter lange Schlange vor dem BVG-Schalter, desorientierte Touristen haben viele Fragen.

»Nein, es gibt keine U-Bahn hier, nehmen Sie doch den Bus!« Die kleine Halle vor der Haupthalle erinnert mich an das Foyer der Reha-Klinik, in der ich einmal ein paar Wochen verbringen durfte, auch dort gab es Einkaufsmöglichkeiten. Hier sind es gleich ein paar Geschäfte, es gibt Brezeln, Uhren, Taschenbücher.

»Ulan-Bator 6193 km« steht auf einem der grünen Wegweiser, ein Flugziel, das an die Zeit erinnert, als sich anderswo und auch in Berlin gern darüber lustig gemacht wurde, dass die einzige interkontinentale Direktverbindung aus dieser Stadt bloß ins besagte Ulan-Bator führte. In die Mongolei.

Heute ist das anders, es gibt Direktflüge in die USA, nach Newark und Miami. Berlin ist nicht mehr abgekoppelt von der weiten Welt.

»Last Minute Shopping Räumungsverkauf! Zwanzig Prozent auf alles« ist auf einer mit roter Folie verklebten Schaufensterscheibe zu lesen. Ich betrete den Laden, finde ein Paar Socken, und die Frau an der Kasse erzählt, dass dieses Geschäft trotz der Tegelverlängerung schließen werde, der Vertrag sei schon gekündigt. Wird es hier dann nur noch Pop-up-Stores geben? Die in Berlin so beliebten Zwischennutzungen? Einen Airport-Club vielleicht?

Ich laufe die Runde, vorbei an den Abfertigungsschaltern. Abflüge nach London, Paris, Kopenhagen; Ankünfte aus Rom, Madrid und Moskau. Ich laufe erst gegen, dann mit dem Uhrzeigersinn.

In Tegel lässt sich wunderbar im Kreis spazieren, alle Wege führen in die Haupthalle zurück, die, was ich bis zu diesem Besuch noch nicht wusste, »Boulevard Tegel« heißt. Auf diesem Boulevard – gemeint ist die Fläche zwischen der Leysieffer-Filiale und dem Berlin-Souvenirgeschäft, das natürlich noch immer, wie könnte es anders sein, bemalte Mauerbetonsplitter verkauft – lässt sich vortrefflich flanieren. Mit mir flanieren Passagiere und Polizisten; die Polizistinnen tragen hellblaue Kurzarmhemden. Ihre männlichen Kollegen nicht.

Nächste Runde, vor einigen Abfertigungsschaltern haben sich lange Schlangen gebildet. Die Passagiere stehen so dicht, ich komme kaum noch durch, ja, der Flughafen ist überlastet. Im Eröffnungsjahr 1974 wurden zweieinhalb Millionen Fluggäste abgefertigt, zuletzt (2011) waren es fast siebzehn Millionen. Irgendwo müssen die herumstehen.

Natürlich fallen mir nun all die Tegel-Vorteile ein, die berühmten kurzen Wege beispielsweise. Und dass ich nicht erst durch ein Einkaufszentrum muss, bevor ich ins Flugzeug darf.

Bald schon stellt sich das Gefühl ein, durch ein groß gewordenes Architekturmodell zu gehen. Ein Modell, in dem die einfache Idee – setzen wir ein Gebäude, einen ganzen Flughafen doch aus Drei- und Sechsecken zusammen – überall sichtbar ist. Diese Idee stammte von dem damals jungen Architekten Meinhard von Gerkan und seinen Partnern, ihr Raster zieht sich durch die ganze Anlage.

Es gibt kaum rechteckige Räume, Grundriss und Querschnitt des Gebäudes, selbst die der Betonpfeiler sind sechseckig. Nur die sechseckigen Bodenfliesen, die ursprünglich in der Eingangshalle lagen, gibt es leider nicht mehr. Vor ein paar Jahren wurden sie durch langweilige helle quadratische Kunststeinplatten ersetzt.

Die Boutique »b styled« sucht per Schaufensteraushang nach »Voll- und Teilzeitkräften auf 400-Euro-Basis. Erfahrungen im Einzelhandel sind wünschenswert, aber keine Voraussetzung«, dieses Geschäft bleibt dem Flughafen also erhalten, vielleicht melde ich mich später.

KaDeWe-Tüten werden vorbeigetragen, fast alle Reisenden ziehen Rollkoffer hinter sich her, Freizeitreisende überwiegen. Geschäftsfliegerkohorten sind in Tegel nur montagmorgens zu sehen, in Tegel ist jeder Tag ein Casual Friday: bunte Hosen, kurze Hosen, knappe Tops, Palma de Mallorca ist nicht weit. Stewardessen stechen in ihren dunklen Uniformen heraus, die der Lufthansa setzen Farbtupfer mit ihren gelben, adrett geknoteten Halstüchern.

Ein Hauch von Rest-Glamour weht durch die Halle, als eine Air-France-Stewardess die Stulpe ihres langen rechten Handschuhs den Unterarm hinaufzupft.

Vor zwanzig, selbst vor zehn Jahren konnte ich die Schönheit des Flughafens Tegel noch nicht sehen – jetzt aber hat mein nostalgischer Blick das Gebäude verwandelt. Während der letzten Jahre, in Erwartung der baldigen Schließung, bin ich hin und wieder sogar ein wenig sentimental geworden, mittlerweile weiß ich, warum: Es ist meine eigene Kindheit, die mich hier anschaut. Als Kind bin ich hier zum ersten Mal gelandet, 1981 war das, ich war zehn Jahre alt und schwer beeindruckt, denn dies war der Flughafen, der perfekt in meine Lego- und Playmobilwelt passte.

Heute spiele ich den Flughafenwanderer und kenne keinen anderen Flughafen, auf dem ich so schön im Kreis gehen könnte. Schade nur, dass das zweite Sechseck, die geplante Erweiterung, nie gebaut wurde. Stünde der zweite Terminalring, könnte ich eine lange liegende Acht durch beide Gebäude gehen, bis in alle Ewigkeit. Stattdessen wurde eines Tages leider die fürchterliche, unansehnliche, primitive Schnellbauhalle, gern auch »Viehhalle« genannt, errichtet, die ich heute, da es darum geht, den Flughafen Tegel zu ehren, lieber nicht betreten möchte.

Auf der nächsten Runde fällt mir ein, was ich noch über den Flughafen Tegel weiß: dass während der Berlin-Blockade auf dem ehemaligen Artillerie- und Raketenübungsplatz eine Landepiste angelegt wurde, damals die längste in Europa. Und dass ab den frühen sechziger Jahren hier die Jets starteten und landeten, für die der in Tempelhof erforderliche Anflugwinkel zu steil war.

1974, dem Jahr, in dem die erste Playmobilfigur auf den Markt kam, war der neue Flughafen fertig, die Bundesrepublik Deutschland und die siebziger Jahre zeigten, was sie konnten. Der fest verankerte Flugzeugträger aus Beton kostete die Kleinigkeit von 430 Millionen Mark.

Ich drehe meine Tegelrunden durch die Tegelfarben Aubergine, Gelb, Braun, Grün und Rot. Mir fallen die schönen, schlichten Analoguhren über den Abfertigungsschaltern auf, all die abgerundeten Ecken. Und die Tegel-Piktogramme: Bus, Auto und Taxi sehen noch wie die in den Bilderbüchern der sechziger Jahre aus, sie haben runde Scheinwerferaugen. Und Personenkraftwagen sehen aus wie Hüte.

Auf einem anderen gelben Schild lese ich gleich neben dem Terrier-bitte-an-die-Leine-Piktogramm das lange nicht gehörte Wort *Flugsteig*, darunter das englische *Gate*. Ich bin gerührt und wage die Prophezeiung, dass der neue Willy-Brandt-Flughafen ohne das Wort *Flugsteig* auskommen wird.

Statt zu einem der Flugsteige verziehe ich mich hinaus in den Innenraum des Sechsecks, den Bereich, in den Autos so elegant hineinfahren können. Die Abendsonne scheint, und wie fast immer hier habe ich das Gefühl, ich hätte die Stadt schon verlassen. Macht das der hohe Himmel? Ich könnte mir einbilden, diese Betonburg läge am Meer.

Hier jemanden abzuholen war, bevor die Überfüllung einsetzte, immer so einfach: vor dem Flugsteig halten, im Auto sitzen bleiben oder aussteigen, sieben Schritte gehen und direkt vor dem Ausgang warten. Und vielleicht schon mal zur Gepäckausgabe winken, weil die ersehnte Person durch die Glastür zu sehen war – vorausgesetzt, die oder der Liebste landet nicht unten, in den Katakomben des Terminals D oder der elenden Anbauhalle Terminal C.

Im Innern des Hexagons steht ein riesiges, schüsselförmiges Foliengebilde, darauf sehr groß »Danke, Tegel«. Ja, danke Tegel, auch von mir. Danke, dass es dich noch gibt und du doch noch unser Flughafen bleibst. Neben der voreiligen Danksagung ist Willy Brandt zu sehen, als Schwarz-Weiß-Ausriss steht er einmal neben Barack Obama, an anderer Stelle neben zwei Rucksacktouristinnen. »Willy Brandt begrüßt die Welt« ist da zu lesen. Ja, das macht er. Macht er gut.

Immer mehr Welt kommt nach Berlin, die Übernachtungszahlen steigen. Und die meisten Besucher werden in den nächsten Monaten weiter hier in Tegel landen, dem Flughafen, der eigentlich, auch ich neige dazu, es zu vergessen, Flughafen Berlin-Tegel »Otto Lilienthal« heißt. Den Namenszusatz hat er von dem sympathisch verrückten Berliner Flugpionier, der sich ein Gleitflugzeug baute, in

Berlin-Johannisthal zum ersten Mal abhob und schließlich tödlich verunglückte. Nie aber habe ich, schade, jemand sagen hören: »Ich fliege heute von Otto Lilienthal«, so wie man in Paris »Charles de Gaulle« und in Chicago »O'Hare« sagt.

Ich verlasse den Innenraum, die wehrhafte Wagenburg aus Beton und steige in den Bus. Eine Reise im 128er sei allen Berlin-Hype-Infizierten ans Herz gelegt, die Route führt durch die Normalität von Reinickendorf, der Bus hält an jedem Baum und beendet seine Fahrt in Wedding, Wirklichkeits-Check für den Preis eines Einzelfahrscheins.

2012

P. S. Bis zur Fertigstellung des neuen Flughafens dauerte es dann nicht neun Monate, sondern über acht Jahre. Der Flughafen Tegel blieb geöffnet. Er schloss, wahrscheinlich für immer, am 31. Oktober 2020.

SCHLANGE FRISST AUTOBAHN

Eine sechshundert Meter lange, leicht gewundene Schlange, die sich mit über tausend Wohnungen im Innern über die Stadtautobahn stülpt. Sie frisst. Das ist kein Traum, sondern wurde tatsächlich einmal gebaut. In West-Berlin, zwischen 1976 und 1980. An der Schlangenbader Straße. Das Gebäude ist noch heute einer der größten durchgängig begehbaren Wohnkomplexe Europas.

»Schlangenbader Straße – Die Wohlfühloase über der Autobahn« heißt es auf der Webseite der Wohnungsbaugesellschaft Degewo – und das ist nicht ironisch gemeint. Tatsächlich, der Ortstermin zeigt es: Zwischen dem langgestreckten, terrassenförmig ansteigenden Wohngebirge und der Randbebauung mit weiteren Wohnungen (fast siebenhundert) stehen hohe Bäume. Vogelgezwitscher ist zu hören, und die Fensterrahmen leuchten in der Farbe halbreifer Zitronen. Das ursprünglich eher satte Gelb der Fassade ist ein wenig verblasst und hat nicht nur an der Wetterseite Flecken. Die großvolumigen Betonblumenkästen der Terrassenbrüstungen aber – sie erinnern an steinerne Sarkophage – sind fast alle bepflanzt. Die meisten von ihnen mit pflegeleichten Friedhofgehölzen. Die Autobahn ist nicht zu sehen.

An einem Wochentag im Sommer, gegen drei Uhr nachmittags, wirkt die Wohlfühloase seltsam ausgestorben. Kein

Kind nirgends auf einem der vielen Spielplätze, für die strenge Ruhezeiten gelten: Ungefähr zweihundert Schilder (in Wirklichkeit sind es nur zweiundzwanzig) weisen darauf hin. Niemand geht spazieren, die Bänke sind verwaist. Der Lastwagen eines Umzugsunternehmens steht vor einem der vielen Eingänge des Komplexes, Männer tragen Kartons und Möbelstücke ins Haus. Einige Wohnungen sind gerade frei, die Webseite der Wohnungsbaugesellschaft verrät, dass die größte von ihnen hundertsiebzehn Quadratmeter hat und im dreizehnten Stock liegt. Sie kostet, Aussicht inklusive, 1235,16 Euro im Monat. Wer da wohnen möchte, bräuchte allerdings einen Wohnberechtigungsschein.

In den Eingangsbereichen, die zugleich öffentliche Durchgänge sind, liegt der gleiche, für die siebziger Jahre typische genoppte Bodenbelag wie in manchen Räumen des Flughafen Tegel. Die Türen haben breite Griffe und Sicherheitsglas mit Drahtgitter und sind, so wie Wände und Boden, in gedeckten Leitfarben gehalten.

Als ich in einem der Durchgänge vor der Wand aus sehr vielen Briefkästen stehe, höre ich ein sanftes »Tock, Tock, Tock«. Das seien die Autos, die unten, tief unten in der Schlange, durch den Tunnel fahren, verrät mir ein älterer Herr mit Hündchen, der seinem Briefkasten das Werbeprospekt eines Discounters entnimmt. »Wir Bewohner nennen dieses Geräusch den Herzschlag des Gebäudes.« Er wohne gern hier, seit siebenundzwanzig Jahren. Und nein, die Autobahn höre er in seiner Wohnung nicht. Eine tolle

Aussicht habe er, über ganz Berlin. Und gut angebunden seien sie hier, gleich über der Autobahn.

Es ließen sich allerdings auch nicht wenige ehemalige Bewohner zitieren, die es furchtbar fanden, in dieser gigantomanischen Wohnmaschine zu leben. Und deshalb wieder auszogen. Anfang der neunziger Jahre galt die Schlange als sozialer Brennpunkt. Die Fehlbelegungsabgabe für Sozialwohnungen hatte dazu geführt, dass viele finanziell bessergestellte Mieter den »Wohnpark Wilmersdorf«, wie der Komplex ursprünglich heißen sollte, verließen. Es kam, wie die Behörden es formulierten, zu einer »Verschlechterung des Wohnumfelds«: Müll blieb auf den Fluren liegen, Wände wurden beschmiert, Jugendliche marodierten durch die Gänge. Eine der Gegenmaßnahmen war es, die sechshundert Meter langen Flure, auf denen sich sehr gut Skateboard fahren ließ, aufzuteilen. Den Jugendlichen wurde eine Teestube eingerichtet.

In einer Ladenzeile der Randbebauung kündigt ein Aushang der »Galerie InternetTreff« einen »Facebook-Tag« an. Die Programmpunkte lauten »Was ist Facebook?« und »Wie melde ich mich bei Facebook an?« Die Teilnahmegebühr beträgt fünf Euro. Durch das Schaufenster sind ältere Damen an noch älteren Computern zu sehen. Ist aus der Autobahnüberbauung über die Jahre ein großes Altersheim geworden? Vor dem »City-Haar-Studio Herren« unterhalten sich zwei Rentner, Lautstärke knapp unter der Grölgrenze; zwei weitere sitzen vor der »Sports Bar« bei einem Nachmittagsbier zusammen. In einem Schaukasten lese ich, dass Mietern »Wohnraumanpassung« angeboten wird – gemeint ist der seniorengerechte Umbau von Wohnungen.

Die große, große Schlange, wie sie dasteht und liegt und durchfahren wird, ist der betongewordene Traum der berüchtigten West-Berliner Bauwirtschaft. Andererseits, und das ist heute nicht mehr so leicht zu sehen, waren solche Wohnmaschinen, wie sie von Le Corbusier und anderen Architekten der Moderne als vertikale Dörfer geplant wurden, auch gebaute Utopien. Die Schlange ist eben auch eine Kathedrale des Wohnens. Sie hat Licht und Luft und sanitäre Einrichtungen für alle. Wer bis dahin ohne all diese heute selbstverständlichen Annehmlichkeiten Erdgeschoss dritter Hinterhof oder in einer zugigen Laube hatte hausen müssen, wusste das zu schätzen.

Das Ensemble aus Wohnbebauung und Stadtautobahn ist auch ein Beispiel für das, was einmal möglich war im West-Berlin der siebziger Jahre. Und als solches denkmalwürdig. Heute kann oder möchte Berlin es sich nicht mehr leisten, fast achtzehnhundert Sozialwohnungen für über vierhundert Millionen DM in den märkischen Sand zu setzen. Schade eigentlich. Damals machten das Berlinförderungsgesetz und die Verhältnisse und Beziehungen in der eingemauerten Halbstadt es möglich: Der Bausenator war gleichzeitig Aufsichtsratsvorsitzender einer eigentlich gemeinnützigen Wohnungsbaugesellschaft und mit den Baulöwen der Stadt gut bekannt, Berliner Filz ermauschelte sich dieses teure Denkmal. Ja, im Rückblick sieht es fast so aus, als habe West-Berlin sich hier ein eigenes Stadtschloss erbaut. Eines mit Sozialwohnungen statt Suiten und Prunksälen. Ein neues Stadtschloss über einem Autobahnstück, das, Ironie der Geschichte, im Grunde nirgendwo hinführt: Die A104, der Steglitzer Abzweig, ist nur ein Stummel. Ein zweieinhalb Kilometer kurzes, ehedem hundertsiebzig Millionen Mark teures Planungsfragment, das in eine gewöhnliche Wohnstraße mündet.

2011

DER BIERPINSEL

»Was ist das denn?«, staunt die Tochter, als wir aus dem U-Bahnhof Schlossstraße kommen, sie war noch nicht oft in Steglitz.

»Deshalb sind wir da«, sage ich. Ich weiß, worüber sie sich wundert. Über den Bierpinsel muss ich selbst immer wieder staunen. Dieses seltsame Gebilde an der Stadtautobahn. Diesen Kelch, diese Riesenblume mit Betonstiel. Wie sie aufragt und sich ausbreitet. »Sieht aus, als sei das Ding außen mit riesigen alten Klapphandys beklebt«, sagt die Tochter. »Oder mit sehr großen Digitaluhren.«

Tja, was ist das? Ein Kunstwerk, zweifellos. Eine architektonische Meisterleistung. Ein Monument. Eine Großskulptur, ein Denkmal, das die siebziger Jahre sich errichtet haben. Ein geniales, zugleich unmögliches und dysfunktionales Bauwerk, jetzt leider verunstaltet durch seltsame Bemalung. »Früher war es rot und sah noch viel besser aus«, sage ich.

»Es erinnert ein bisschen an ein Raumschiff«, sagt die Tochter. Recht hat sie. Warum wurde der Bierpinsel nicht metallisch-schwarz gestrichen? Er könnte ein kleiner Todesstern sein. Ist er ja gewissermaßen schon, bisher ist noch jeder Pächter gescheitert, alle Lokale, die dort je eröffneten, mussten wieder schließen. Der Bierpinsel steht leer.

Die Architekten Ursulina Schüler-Witte und Ralf Schüler hatten eine Vision, eine Idee und eine Form. Und sie hatten die Möglichkeiten, so war die Zeit, diese zu verwirklichen. Und so setzten sie ein Zeichen, erbauten ein großes Eis am Stiel, das ursprünglich Schlossturm hieß, angeblich aber schon seit dem großzügigen Freibierausschank am Eröffnungstag im Jahr 1976 Bierpinsel genannt wird. Dem mutigen Architektenpaar verdankt Berlin auch das ICC. Hätten sie es nicht selbst schon getan, Berlin müsste ihnen Denkmäler bauen.

Mir fällt ein, wann ich zuletzt im Bierpinsel gewesen bin, es muss um das Jahr 2000 herum gewesen sein, kurz bevor dieses Wahrzeichen zum ersten Mal geschlossen wurde. Das Turmcafé und -restaurant löste das futuristische Versprechen der äußeren Erscheinung leider nicht ein. Innen war es eine Art bundesrepublikanisches Kurcafé, ein Teppichboden in Blautönen grundierte den Raum, dunkelbraune Sitzbezüge zierten die Stühle. An den Fenstersäulen hingen pseudobronzierte Braunglasspiegel, die den Raum optisch hätten vergrößern können – wenn dieser nicht mit Topf- und Grünpflanzen zugestellt gewesen wäre. Farne versperrten den Gästen an Tischen, die absurderweise nicht vor den Fenstern standen, die Aussicht.

Gelang der Ausblick, entschädigte er jedoch für alles. Als Besucher fühlte ich mich er- und enthoben. Bin ich damals auch ein wenig abgehoben? Vielleicht. Die Lüftung rauschte wie ein Antrieb, sie zischte so laut wie Luft, die aus einem Fahrradventil entweicht, sie strömte aus braun lackierten Metallkästen. Die Bedienungen waren schwarzweiß gekleidet und servierten Großelterngerichte wie Zanderfilet mit Leipziger Allerlei, Warnemünder Kutterscholle oder Hühnerfrikassee.

»Auf einer nur 45 Quadratmeter großen Grundfläche bietet der Turmbau tausend Quadratmeter Nutzfläche«, informierte die Speisekarte, »architektonisch« reimte sich auf »gastronomisch« und es war auch die Rede vom »Treffpunkt über den Dächern von Berlin«. Das klang fast so mondän wie *Über den Dächern von Nizza.*

Auf einer so geringen Grundfläche so viel Nutzfläche unterzubringen – sprach da die eingemauerte Stadt, die fürchten musste, der Raum könnte knapp werden? Die Stadt, die paradoxerweise zugleich große Flächen der Stadtautobahn opferte? Die ließ sich von dort oben wunderbar ausmachen und müsste sich, kämen wir jetzt bloß hinauf, noch heute ausmachen lassen. Uns würde sichtbar werden, welche Schneisen für die Stadtautobahn in die Altbaugebiete gefräst wurden. Leider wurden die Ränder dieser Schneisen in Berlin nicht so gekonnt bebaut und neu gefasst, wie der Seine-Präfekt Baron Haussmann es Mitte des 19. Jahrhunderts in Paris anordnen ließ. Schade, Berlin hat keine Immeubles Haussmannien – dafür aber einen Bierpinsel über der Autobahn.

»Bierpinsel – hinauf ins himmlische Vergnügen« warb das Emblem auf der Speisekarte, ich erinnere mich. Ein himmlisches Vergnügen war jedenfalls der Toilettenbesuch: Über jedem Pissoir befand sich ein Fenster. Wer dort stand hatte eine schöne Aussicht und konnte Richtung Dahlem urinieren. Es waren vermutlich die hellsten Tageslichttoiletten Berlins. Der Schlossturm war ein Toilettenpalast.

Siebenundvierzig Meter ist er hoch, der heute geschlossene Toilettenpalast. Er ist also gar nicht besonders hoch. Die Turiner Mole Antonelliana, ein viel älteres, ebenfalls überraschend unförmiges Bauwerk, ist fast viermal so hoch. War der Bierpinsel vielleicht die bewusst tiefstapelnde Antwort auf den viel höheren Ost-Berliner Fernsehturm? Eine Antwort, die sagen wollte: Wozu viel höher hinauf? Wir müssen ja bloß West-Berlin überschauen, wollen bloß Lankwitz und Wilmersdorf sehen. Weiter nicht. Wir wollen gar nicht bis zur Mauer schauen.

Warum habt ihr mich gebaut? Wozu stehe ich hier? Fragen, die sich so manches Gebäude stellen müsste, der Bierpinsel flüstert sie uns zu. Eine andere Zeit hätte an diesem Ort womöglich eine Kathedrale errichtet. Ist der Bierpinsel der Dom von Steglitz? Filmarchitektur? Sind das ICC, die Überbauung der Autobahn an der Schlangenbader Straße und der Bierpinsel Kulissen für einen West-Berlin-Film, der nie gedreht wurde?

Zweifellos ist der Bierpinsel auch eine realisierte Machbarkeitsstudie in Beton. Er soll zeigen, wozu dieser Baustoff sich formen lässt. Und ja, wirkt dieser Riesenbetonbaum im Vergleich mit einem Hochbunker, im Vergleich mit dem Flakturm am Humboldthain etwa, nicht geradezu filigran? Trotzdem stecken auch Kriegserfahrung und die Erinnerung an die Schlacht um Berlin in diesem Gebäude: Die Treppenbrüstungen aus Sichtbeton unterhalb des Turms böten bei erneutem Straßen- und Häuserkampf gute Deckung.

Kraftwerk sangen 1974, da wurde am Bierpinsel noch gebaut: »Wir fahr'n, fahr'n, fahr'n auf der Autobahn.« Fertiggestellt wurde er zum Ausguck und Hochsitz über diese Autobahn. Zwei Kriege zuvor wurden Bismarcktürme auf bewaldeten Bergkuppen errichtet, die sechziger und siebziger Jahre des 20. Jahrhunderts bauten Autobahnen. Und hier einen Aussichtsturm über die autogerechte Stadt Berlin (West), direkt an der Autobahn, die einen Hauch von Ferne und ein Gefühl von Weite in die Stadt brachte.

Tochter und ich stapfen am Fuß des Bierpinsels herum. Dass ich mich nach dem satten, später leicht ausgeblichenen Rot der alten Fassade zurücksehne, interessiert sie nicht. Wir entdecken ein Schild, das noch immer für das lange eingegangene »Bier- und Weingewölbe« im Schlossturm wirbt. Wir würden so gerne hinauf und von oben hinuntersehen, rütteln allerdings vergeblich an den Türen.

Der Bierpinsel ist geschlossen.

2014

NACH PANKOW WAR IHR ZIEL

Kaisa kommt am frühen Nachmittag ins Café Pförtner in der Uferstraße, Wedding. Sie ist für zwei Wochen in Berlin, sonst wohnt sie in Helsinki. Sie steigt vom Rad und setzt sich neben mich, draußen im Schatten, es ist so heiß. Gegenüber ragt der hohe rote Ziegelschornstein zwischen den Uferhallen auf, in denen keine Straßenbahnwagen mehr repariert werden. Kaisa trägt das luftige schwarze Kleid, das ich schon kenne, wir trinken Kaffee und Wasser und brechen bald auf. Wir wollen eine größere kleine Runde drehen, heute mit dem Rad.

Wir orientieren uns nach Norden, rollen bald an der Panke und am Franzosenbecken entlang und sind auf dem Weg, den wir zwei Tage zuvor zu Fuß gegangen sind. Auf den Rädern – Kaisa auf einem geliehenen alten Mifa, sie nennt es ihr »sozialistisches Fahrrad« – sind wir schneller unterwegs, obwohl wir vergleichsweise langsam fahren. So langsam, dass ich befürchte, wir könnten umfallen. Ich möchte schon jetzt, dass dieser Ausflug niemals endet.

Hinter dem Bahnhof Wollankstraße unterqueren wir den S-Bahn-Viadukt, kommen am Bürgerpark und dem Kinderbauernhof vorbei und gleiten dahin bis zum Sowjetischen Ehrenmal in der Schönholzer Heide. Schade, es wird gerade renoviert, wir können es nicht besichtigen. Hätten wir doch zum Treptower Ehrenmal fahren sollen? Wir lassen die Räder stehen, gehen ein wenig am Zaun entlang, linsen hinein, sehen eine Großbaustelle, und lesen dann die Texte auf den Erläuterungstafeln vor dem Eingang, in denen auch von Zwangsarbeiterlagern die Rede ist. Während des Zweiten Weltkriegs gab es in der Nähe Munitionsfabriken. Wie fast immer, wenn ich »Schönholzer Heide« lese oder höre, muss ich, das ist mein Sing-Automatismus, *Bolle reiste jüngst zu Pfingsten* singen, das Berliner Schwanklied, das von einer epischen Keilerei auf eben dieser Schönholzer Heide erzählt. Kaisa muss sich die erste, zweite und dritte Strophe anhören und wundert sich über die teutonische Brutalität der Verse (»hat's Messer rausjezogen / und Fünfe massakriert / aber dennoch hat sich Bolle / janz köstlich amesürt«). »Klingt wie eine Vorbereitung für die Ostfront«, sagt sie und küsst mich, aber wahrscheinlich nur, damit ich nicht weitersinge und ihr die restlichen Strophen erspare.

In Wilhelmsruh sehen wir das schöne große rote Umspannwerk an der Kopenhagener Straße – in den letzten Tagen haben wir bereits zwei andere Backsteinbauten von Heinrich Müller gesehen: das Umspannwerk in unserer Kopenhagener Straße in Prenzlauer Berg und das mit der Wellen-Fassade an der Weddinger Alster. Wir rollen auf dem langen, geraden Weg neben der S-Bahn, ich glaube, wir rollen auf der alten Trasse der nach dem Mauerbau demontierten Heidekrautbahn, vorbei an leerstehenden Fabrikgebäuden, Kaisa gefällt's. Ihr gefällt alles, was halbverfallen und aufgegeben aussieht, Industrieruinen und verlassene Hallen mit eingeworfenen Fensterscheiben. Deshalb kommt sie nach Berlin, deshalb waren wir in Rochester und in Detroit.

Auf dem Wilhelmsruher Damm wechseln wir wieder hinüber in den Westen und fahren durch eine gepflegte, biedere Einfamilienhausgegend – »Auch hier viel zu entdecken, so sieht Deutschland eigentlich aus«, rufe ich ihr zu – bis ins Märkische Viertel. Um das Märkische Zentrum herum ragen die Platanen hoch hinauf und verraten, wie viel Zeit seit dem Bau dieser Satellitenstadt vergangen ist. Wir halten an einem türkischen Supermarkt, kaufen Wasser und Ayran und setzen uns auf eine Stufe am Platz. Wir trinken und schauen einer Gruppe von Kindern – zwei Mädchen tragen Deutschlandtrikots, ein Junge ein Trikot von Hertha, ein anderer das blutrote der türkischen Nationalmannschaft – beim Fußballspielen zu. Und stellen uns vor, wie es wäre, in einer dieser Wohnburgen als junge Familie zu leben, wir beide, mit unserem Kind, das wir haben könnten.

Kaisa möchte, alles Recherche, sagt sie, in eines der höheren Häuser hinein. Wir finden eine offenstehende Eingangstür – seltsamerweise verhindert eine Autobatterie auf der Schwelle, dass die Tür ins Schloss fällt. Im Aufzug erzählt ein jüngerer Mieter, dass es am Vortag im Treppenhaus gebrannt habe, wie wir vielleicht noch riechen könnten. Deshalb klemme die Batterie in der Tür. Damit es durchlüfte.

Im sechzehnten Stock – so hoch geht es gar nicht hinauf, es sind gar keine richtigen Hochhäuser – schauen wir durch ein Flurfenster auf den Fernsehturm. Er ist sehr weit weg, kaum mehr auszumachen. Am andern Ende des Flurs gibt es einen offenen Balkon, eine Galerie, vermutlich sollen die Bewohner sich bei einem Brand dorthin retten, um von ihm aus auf ein Sprungtuch hinunter zu springen. Wir lehnen uns an die Brüstung, blicken nach Norden und überlegen, uns fallen zu lassen – küssen uns dann aber lieber und fliegen über die Großsiedlung, die Felder und den Mauerweg bis nach Mönchmühle. »Wie seltsam«, sagt Kaisa, »dass dort unten einmal eure Grenze war.«

Über die Quickborner Straße finden wir aus dem Merkwürdigen Viertel heraus (eigentlich darf nur wer hier aufgewachsen ist das Märkische Viertel »Merkwürdiges Viertel« nennen, ich weiß), wir strampeln durch die stehende Hitze an einem Bowling-Center vorbei und über freie Felder. Gab es hier nicht mal eine Müllkippe? Schließlich landen wir in Alt-Lübars und der Idylle seines Dorfplatzes, auf dem Kaisa eine alte Telefonkabine entdeckt, die mit dem Hinweis »Fernsprecher« beschriftet ist. Wir setzen uns an einen Tisch des Alten Dorfkrug, bestellen Rehgulasch und trinken Weißweinschorle unter alten Bäumen, für Rotwein ist es viel zu heiß. Wir sitzen, essen und trinken, bis es zu tröpfeln beginnt und wir in den Dorfkrug flüchten müssen, der, es ist spät geworden, bald schließen wird. Wir bewundern gerade den großen Ballsaal, überlegen, ob wir hier, in diesem Festsaal, nicht unsere Hochzeit feiern wollen, bevor wir dann ins Märkische Viertel ziehen, Kaisa sagt noch »Aber wir wollen doch in Las Vegas heiraten« – da bricht das Gewitter los. Orkanartige Sturmböen fegen durch die Baumkronen, es blitzt, es donnert und beginnt zu schütten. Und wir stehen nur da und schauen dem Spektakel zu. Es hagelt stachelbeergroße, dann pflaumendicke Eisklumpen, die Klumpen trommeln auf die Dächer, hämmern Blätter und Zweige aus den Bäumen und bombardieren die abgestellten Autos. Und schließlich, was haben wir getan, bricht ein mannsdicker Ast aus einer Baumkrone und kracht auf eine Motorhaube. Wir stehen weiter da und staunen. Und glotzen die Himmel an. Es dauert, es stürmt, langweilig wird uns nicht. Erst eine Dreiviertelstunde später steuern wir unsere Räder durch den See, in den der Dorfplatz sich verwandelt hat, Äste und Zweige treiben auf seiner Wasseroberfläche. Um die Ecke sind zwei Bäume umgestürzt und blockieren die Fahrbahn, Anwohner sind aus ihren Häusern gekommen, und dann ist kurioserweise ein Fernsehteam da und filmt die Verwüstung. Kaisa fürchtet, sie könnte im »National TV zu sehen sein«, wie sie sagt, in unseren Hauptnachrichten, und am Ende auch in Finnland. »Na, vielleicht wird der *Nord-Berliner* berichten«, sage ich, »das Blättchen, das wir eben im Dorfkrug gelesen haben.« Der spannendste Artikel behandelte einen Mord in Alt-Lübars, letzte Woche erst, große Aufregung in der Idylle: Eine junge blonde Frau ist in ihrem Reitstall getötet worden, und der Mörder (oder die Mörderin?) ist noch nicht gefunden. Kaisa wollte gleich ermitteln.

Wir fahren, der Regen hat aufgehört, wieder Richtung Märkisches Viertel und halten, wir sind neugierig, an dem

Bowling-Center, an dem wir vorhin schon vorbeigekommen sind. Drinnen herrscht irrer Krach, eine Kakophonie aus Gejohle, rollenden Kugeln und stürzenden Kegeln, Geschrei und Stampfmusik. Es gibt keine Fenster und also auch keine Ahnung vom Wetter und dem Gewitter, das bis eben draußen tobte. Und wir kommen uns vor, als wären wir in einen Teenie-Film geraten, hier nun die Szene im Bowling-Center. Wollen wir? Nein, tatsächlich zu bowlen, haben wir keine Lust. Auf dem Weg zu unseren Fahrrädern bleiben wir auf dem traurigen Parkplatz stehen und küssen uns wieder, wir knutschen wie das Teenagerpärchen, das sich in dem Film, den wir uns ausdenken, unbemerkt aus dem Center nach draußen gestohlen hat.

Die Straßen, durch die wir weiterfahren, erinnern Kaisa wieder, das hat sie schon einmal gesagt, an Wohngebiete rund um Helsinki. Irgendwo, es ist schon dunkel, wechseln wir zurück auf die andere Seite, nach Pankow, und folgen den Straßenbahnschienen Richtung Mitte. Die Luft ist schwer und feucht, es duftet nach Lindenblüten, es duftet so sehr, mir wird ganz komisch, schwindlig vor Sehnsucht, denn Kaisa ist viel zu weit entfernt. Das ist der Nachteil am Radfahren, immer allein im Sattel. Und es ist so schwierig, sich zu berühren, dabei sind wir wieder sehr langsam unterwegs, ganz langsam. Wir wollen ja nirgendwo mehr hin.

Wie vor ein paar Tagen enden wir in der Analog Bar in der Martin-Opitz-Straße. Heute ist es voller. Wir trinken Gin Tonic, reden, reden, reden und schieben die Räder schließlich, wir sind betrunken, bis zu ihrer Wohnung, es ist nicht weit. Im Erdgeschoss des Hauses zeigt sie mir das Büro des Privatdetektivs, von dem sie erzählt hat. Durch den Lamellenvorhang des Schaufensters sehen wir, dass er am Schreibtisch sitzt, vom Bildschirmlicht beleuchtet.

»Ob er gerade einen Fall löst?«, frage ich.

»Nein«, sagt Kaisa. »Sieht so aus, als wäre er eingeschlafen.«

2012/2021

»Schön, mitten auf der Fahrbahn zu gehen.«

»In der Schneise.«

»Auf der Grenze.«

»Parallel zum Postenweg.«

»Nur nicht auf die Gedenksteine treten, die wie Grabplatten im Bürgersteig eingelassen sind.«

»Nein, nie.«

»Vor dem Krieg war die Bernauer eine eher gewöhnliche Straße, die den Stettiner Bahnhof mit dem Güterbahnhof der Nordbahn verband – Bahnhöfe, die es nicht mehr gibt.«

»Hast du geholfen, hier Fluchttunnel zu graben?«

»Durch den ein oder anderen bin ich unter der Mauer hindurchgekrochen. Ich musste ja von hüben nach drüben und wieder zurück.«

»Unglaublich.«

»Heute schon, ja. Die rostigen Eisenstangen zeigen den Verlauf der Schandmauer an. Und einige Tunnel sind auf dem Rasen des Mahnmals markiert.«

»Wo die Eisenstangen stehen, standen ja schon Bäume.«

»Ja, die sind dort gewachsen während der zwanzig Jahre, in denen sich niemand um den Mauerstreifen gekümmert hat. Sie standen da in einer Reihe.«

»Die Eisenstäbe gefallen mir, weil sie so durchlässig sind. So passierbar.«

»Und sie rosten.«

2020

DIE SPAZIERINFLATION

10. März

Nachmittags im Supermarkt, Fürstenberger Straße, Berlin-Mitte, Edeka, ehemals Kaiser's: Das De-Cecco-Pasta-Regal ist bis auf eine Packung grüner Spinat-Spaghetti leer, um die Ecke aber, im Gang mit den gewöhnlichen Nudeln, liegen noch Teigwaren von Barilla, viele Pakete, heute sogar im Angebot. Sonst ist hier um diese Zeit nicht so viel los. Die Frau, die vor mir an der Kasse ansteht, legt vier Packungen Mehl und Trockenhefe aufs Laufband.

Die Kassiererin, sie scannt meine Einkäufe, ist besonders freundlich. Heute sind fast alle freundlich. Scheint so, als wären alle übereingekommen: Wenn wir schon sterben müssen, können wir vorher freundlich zueinander sein.

Sozialkontakte reduzieren, heißt es. Noch weiß niemand so genau, wie das neue Virus sich überträgt. Lieber zu Hause bleiben. Sich irgendwie beschäftigen. Kein Problem, ich räume die Abstellkammer auf. Zum ersten Mal seit zehn Jahren. Ich finde Konserven, die bis 2013 haltbar waren, Popcornmais von 2012, Kichererbsen von 2011. Ob ich die, wenn wir hier langsam verhungern, noch vermissen werde? Ich finde zwei große schwarze Lautsprecherboxen. Wenn ich mich recht erinnere, habe ich sie gekauft, als ich fünfzehn

Jahre alt und es ein Lebensziel war, eine sogenannte Anlage zu besitzen. Als Hocker wären die Dinger vielleicht noch zu gebrauchen. Ich trage sie in den Keller.

Ich bin zu Hause, ich flaniere durch die Abstellkammern meines Lebens und finde eine Tüte mit Spuckwindeln aus Stoff. Tücher, die ich mir über die Schulter gelegt habe, wenn ich das Baby auf dem Arm durch die Wohnung getragen habe. Das Baby wird nächsten Monat zwanzig Jahre alt. Und ob sich, frage ich mich, eines fernen Tages jemand für den Leitzordner mit meiner Steuererklärung und abgehefteten Belegen aus dem Jahr 1999 interessieren wird? Für den Buchvertrag meines ersten Romans *Meine nachtblaue Hose*? Tief in der Kammer, sie ist sehr geräumig, sie war mal ein Flur, finde ich auch den CD-Spieler, den mein Vater kurz vor dem Tod meiner Mutter gekauft hat, vor über sechsunddreißig Jahren. Es ist ein Toplader, schwer, aus Aluminium, von Philips. Ich schließe ihn an das Küchenradio an – und siehe da, er funktioniert.

11. März

Sonne im Schlafzimmer, die Vögel singen. Der Griff zum Telefon – gibt es neue Zahlen? Was sagt Robert Koch? Was sagt Johns Hopkins? Der Guardian, der Tagesspiegel, die F.A.Z.? Wie viele neu Erkrankte gibt es heute? Wie viele Tote?

Bald drei Jahrzehnte spaziere ich durch Berlin, es ging auf und ab mit der Stadt, in Wellen, Abstürze folgten auf euphorische Jahre. In der letzten Zeit ging es nur nach oben, hoch hinauf. Vor allem mit den Immobilienpreisen. Habe ich nicht schon länger mit einer Delle gerechnet? Von ihr geträumt? Darauf gewartet, dass das mit den Billigfliegern (die ich selbst nicht ungern und viel genutzt habe) wieder aufhört? Würde ich mich, denke ich jetzt, nicht darüber freuen, wenn aus all den Berliner Airbnb-Wohnungen wieder Mietwohnungen würden? Würde ich mich nicht freuen, wenn die Immobilienblase platzt und es keine Kreuzfahrten mehr gibt?

Ich träume, Donald Trump würde vom Virus dahingerafft werden, Joe Biden und Bernie Sanders ebenfalls, Elisabeth Warren wird Präsidentin – aber es ist nur ein Traum. Damit ich, der nicht mehr junge immunsupprimierte Mann nicht dahingerafft werde, trage ich nun Mundschutz. Der Paketbote, gestern hat er noch einmal Desinfektionsmittel gebracht, liefert heute Untersuchungshandschuhe aus Latex, auch die werde ich nun tragen, wenn ich hinausgehe. Oder auch nicht. Wenn ich überhaupt hinausgehe. Bis dahin neue Innerlichkeit. Ich spaziere, ich kreise, ich tigere durch die Wohnung. Das Kinderzimmer könnte ich ausräumen. Die Tochter ist ausgezogen, vorletztes Jahr schon, ihr Zimmer dient nun als Wäsche- und Bügelzimmer. Ich bügele ja so gerne. Auch dazu habe ich jetzt viel Zeit.

Und dann doch nach draußen, Spaziergang zu Rossmann auf der Schönhauser Allee: Es gibt Toilettenpapier, es ist gar nicht ausverkauft. Es gibt nur nicht mehr alle Sorten. Ich gönne uns vierlagiges, ein Luxus – aber wer weiß, vielleicht ist es ja das letzte, das ich kaufe. In der Jagd nach

Toilettenpapier zeigt sich der deutsche Analcharakter, dabei sind die Deutschen, was ihre Analhygiene angeht, doch eine eher unterentwickelte Nation. Finnland, die Türkei oder auch Japan sind mit ihren Toiletten, die Wasser auf die betroffenen Regionen spritzen können, viel weiter.

Eine Horrornachricht nach der anderen aus Italien. Dass ich diese Tage eigentlich in Venedig verbringen wollte, kommt mir wie ein Witz vor. Wäre die Stadt, die die Quarantäne erfunden hat, nicht der schönste Ort, um eingesperrt zu sein? Ilona, sie ist Klavierlehrerin in Venedig, schreibt mir aus ihrer neuen Zurückgezogenheit, die Wohnung hat sie seit drei Wochen nicht verlassen. Schüler kommen keine mehr, die Musikschule ist ebenfalls geschlossen. Von ihrem Balkon filmt sie die Stadt, Venedig sei so absurd leer, sagt sie, als wären alle schon gestorben.

Italien ist uns, wie fast immer, voraus.

Am Abend sehe ich das erste Geisterspiel in Paris, Dortmund verliert in der Champions League gegen PSG und scheidet aus. Schade.

12. März

Im Hausflur, ich muss zu den Müllcontainern, ich sortiere ja so viel aus, treffe ich Frank. Ihm gehört Paul's Boutique, der Laden im Vorderhaus, in dem getragene Sneaker und Trainingsjacken verkauft werden. Frank sagt, dass das Berghain für einen Monat schließe, er sei mit dem Geschäftsführer befreundet, der habe ihm das gerade am Telefon erzählt. Das Berghain hat, ich bin erstaunt, vierhundert Angestellte.

»Und, was machen die jetzt?«, frage ich.

Darauf hat Frank auch keine Antwort. »Wenn die Kids nicht mehr kommen, wenn der Easyjetset nicht mehr landet, habe ich selbst bald ein Problem.« Frank hat zwanzig Angestellte, dieses Jahr wird sein Flagship-Store Paul's Boutique seinen zwanzigsten Geburtstag feiern. Zum Jubiläum soll ein Buch erscheinen.

Auf der Kastanienallee begegne ich Thomas, wir üben die Fußbegrüßung und den Ellbogencheck. Normalerweise verbringt er eine Woche im Monat bei seinem Umfrage- und Marktforschungsunternehmen in Bonn; während der anderen drei Wochen führt er es von Berlin aus. Er ist auf dem Weg zum Friseur.

»Wie, du lässt dir noch die Haare schneiden?«

»Wieso nicht?«

»Kommen du und der Friseur euch da nicht zu nahe?«

»Noch einmal, bitte. Bald werden wir dann alle mit langen Haaren und herausgewachsenen Frisuren herumlaufen.«

Er erzählt, immer sprudelt Wissen aus ihm heraus, dass es bis zur letzten Pandemie, der Spanischen Grippe von 1918/19, üblich gewesen sei, fast überall auszuspucken und hinzurotzen. Und dass erst diese Krankheit Taschentücher in fast alle Schichten hinein verbreitet habe. »Mal sehen, ob wir uns je wieder Hände schütteln werden«, sagt er.

»Oder auf die Wangen küssen.«

Er schlägt vor, zusammen in den Garten zu ziehen. In die Bullerbü-Hütte auf seinem Waldgrundstück im Umland, deren Schuppen aus Asbestzementplatten erbaut wurde. »Wir könnten uns dort zu zehnt versammeln, sieben Frauen, drei Männer, und uns zehn Tage lang Geschichten erzählen.«

»Ja, kommt mir bekannt vor«, sage ich. »Aber danke, lieber nicht. Lieber in Berlin sterben, als in Brandenburg überleben.«

Das De-Cecco-Regal im Edeka ist aufgefüllt und ich nehme gleich drei Packungen Linguine mit. Dafür ist das Barilla-Regal nun leer. Sehr leer. Dosentomaten sind – bis auf die ganz teuren Pelati – ebenfalls aus.

12. März, nachmittags

Zu Fuß auf dem Postenweg, parallel zur Bernauer Straße, spaziere ich Richtung Hauptbahnhof. Und steige dann, ich bin so mutig oder leichtsinnig, doch in die Straßenbahn. Ich bin zu spät, obwohl ich den ganzen Tag nichts zu tun hatte.

Nein, ich möchte nicht wegfahren, ich will die Stadt nicht verlassen. Ich möchte nur die Tochter abholen. Sie hat Semesterferien. Sie und ich glauben nicht, dass die Vorlesungen in ihrer süddeutschen Universitätsstadt bald wieder beginnen werden.

An der Haltestelle Gedenkstätte Berliner Mauer steht eine Schulklasse, fast alle Schülerinnen und Schüler kapuzt und berucksackt, auf ihre Telefone starrend. Die bunten

Mietfahrräder neben ihnen sind – da hat einer Mietfahrraddomino gespielt – alle umgeworfen. Gegenüber blühen die Forsythien.

Vor dem verunglückten Monsterbau Hauptbahnhof sehe ich unter Hunderten nur eine einzige Person mit Mundschutz. Weil es keine gibt? Oder weil die Deutschen noch immer glauben, ihnen könnte nichts passieren? Rollkofferballett wie immer, geschäftiges Hin und Her. Die Türkei fällt mir ein, dort gab es die erste bestätigte Infektion erst diese Woche. Und im türkischen Fernsehen wurde ernsthaft darüber diskutiert, ob das türkische Volk aufgrund seiner Gene nicht immun gegen Covid-19 sei. Es wäre lustig, wenn es nicht so traurig wäre.

Statt Mundschutz tragen viele Reisende dicke Ohrenschützer – ach nein, es sind ja Kopfhörer, vielleicht sogar Noise-Cancelling-Kopfhörer. Ob sie getragen werden, damit keine neuen Katastrophenmeldungen mehr in die Gehörgänge dringen?

Tochter und ich, auch sie kommt ohne Mundschutz aus dem Bahnhofsgebäude, gehen zu Fuß nach Hause, ich ziehe ihren Koffer. In dem Drogeriemarkt am Weg, nicht weit vom Hauptbahnhof, er ist ganz leer und seine Regale gut gefüllt, kaufen wir Linsen, Reis und Kokosmilch. Und Schokolade.

13. März

Ye Lan, meine chinesische Übersetzerin, schreibt aus Shanghai und schickt Videos, wie ihre Söhne, Zwillinge, sechzehn Jahre alt, ihren Sportunterricht im Wohnzimmer absolvieren, vom Sportlehrer per Webcam kontrolliert. Seit bald vier Wochen werden sie zu Hause unterrichtet.

Eine andere chinesische Freundin ermahnt mich, das Haus nur noch mit Mundschutz oder am besten gar nicht mehr zu verlassen. »Strenge Maßnahmen sind nötig, um diese Krankheit einzudämmen«, schreibt sie. Sie selbst hat gerade vierzehn Tage in Quarantäne verbracht, weil sie aus ihrer Heimatprovinz zurück nach Shanghai gereist ist. Während dieser Zeit hat sie aus ihrem Isolations-Hotel heraus per neuer Unterrichtssoftware unterrichtet.

Vor drei Wochen habe ich ihre WeChat-Nachrichten noch wie Berichte von einem anderen Planeten gelesen. Nun stellt sich heraus: Wir leben doch auf demselben.

Im Mauerpark, dieser von Touristen totgetrampelten Dauerbaustelle, die einmal ein Park war, kann die Wiese sich nun erholen. An den Stellen mit nackter brauner Erde zeigt sich zarter grüner Flaum, süß sieht das aus.

Eine Kinderwagengymnastikgruppe hat sich auf dem Platz unter dem einsamen Basketballkorb eingefunden. Zwölf Frauen, kein Mann unter ihnen, verrenken in aller Öffentlichkeit Bauch, Beine und Po. Eine ist in Jeans gekommen, alle andern tragen teils gepolsterte Leggings und Sneaker. Selbst die Kinderwagen wirken stahlbad-sportlich. Die freundlich-bestimmenden Kommandos der Trainerin gellen durch den Park, die Mütter machen sich fit für – ja, wofür eigentlich?

14. März

Wieder im Park, ich war im Biomarkt und habe Schrippen und Brot gekauft. Spanisch ist zu hören, Arabisch, Türkisch, Deutsch. Die Kinder und die Hunde müssen ausgeführt werden, die Sonne scheint so schön, sie lockt hinaus in den sogenannten Frühling. Ein Mädchen lässt ein Modellsegelflugzeug vom Schlittenhang fliegen, rennt hinterher und den Hügel, er könnte eine Düne sein, wieder hinauf. Wo die Trampelpfade verlaufen, zeigen sich die zerbrochenen Ziegel und Scherben, aus denen diese langgestreckte Erhebung eigentlich besteht, es ist ein Schutthügel, hier liegen die Trümmer des letzten Krieges. Gras ist über sie gewachsen.

Hunde bellen, Vögel zwitschern. Eine Gruppe Sprayer, junge Männer, alle in Jogginghosen, besprühen die stehengebliebene Hinterlandmauer vor dem Stadion, neue Graffiti auf dem dicken Farbschichten-Blätterteig.

Die Power-Frühlingssonne brennt, als hätte jemand die Scheinwerfer eingeschaltet, die Wiese, der Park, ganz Berlin ist eine hell ausgeleuchtete Bühne, alles angestrahlt. Katy und Christiane kommen mir entgegen, die eine ist Übersetzerin, die andere Schriftstellerin. Katy sagt, sie habe gestern ihre vielleicht letzte Party gefeiert, das sei ihr Tanz auf dem Vulkan gewesen, sagt sie.

Wir halten den neuen Sicherheitsabstand ein. Keine Umarmungen, keine Küsse – und zählen all unsere abgesagten Veranstaltungen und Lesungen auf.

»Fünf Lesungen bis Anfang April, ein Literaturfestival in der Schweiz, ein Monat in China und eine Buchpremiere in Peking«, sage ich.

»China? Jetzt wohl keine gute Idee«, sagt Christiane. Bei ihr sieht es nicht anders aus. »Jetzt müssen alle wie Schriftsteller leben«, sagt sie. »Zu Hause bleiben. Um den Schreibtisch herumspazieren. Schreiben.«

»Oder eben nicht schreiben«, sage ich. »Das kann ich zu Hause noch am besten.«

Später am Abend ruft eine Freundin an. Sie erzählt, sie gehe gerade die Rosenthaler Straße hinauf, Richtung Rosenthaler Platz. In der Mitte der Fahrbahn. Kein Auto sei unterwegs. »Wir Fußgänger*innen bekommen die Stadt zurück«, sagt sie. »So hat alles auch sein Gutes!«

Mir gefällt, wie sie in dem Wort »Fußgänger*innen« die kleine, kaum hörbare Verzögerung einbaut. Sie hat Gefühl für Rhythmus, die Pause, der Glottisschlag zwischen »gänger« und »innen« sitzt perfekt.

Bei Edeka ist sämtliches Obst und Gemüse ausverkauft! Das habe ich noch nie, nie gesehen. Im Biomarkt, ein paar Häuser weiter, Ecke Bernauer Straße, dort, wo einst die Mauer stand, gibt es noch genug. Ich kaufe, ich lebe so gesund, Pak Choi und einen Blumenkohl.

15. März

Heute, Sonntag, eigentlich wäre Flohmarkt, ist der Mauerpark noch leerer als gestern. Berlin wirkt wie an Weihnachtsfeiertagen: Niemand zeigt sich, keiner da. Und, ach, nun wurde der weltberühmte Flohmarkt über zwanzig Jahre im Mauerpark-Matsch abgehalten, und gerade jetzt, da für ihn dort, wo auch Wiese sein könnte, eine Art Parkplatz planiert wurde, findet er bis auf Weiteres gar nicht mehr statt.

Mein Vater, der vergessliche Riese, während des Krieges geboren, sagt am Telefon: »Hast du gedacht, es würde immer so weiter gehen? War doch klar, dass das eines Tages aufhört.«

»Ja, Papa, du hast es gewusst«, sage ich. Er meint auch noch, jedenfalls verstehe ich ihn so, wir hätten unsere Goldenen Zwanziger Jahre schon gehabt. Wir hätten es nur nicht bemerkt.

Besuchen darf ich ihn nicht mehr in seiner Seniorenresidenz, eigentlich ein Pflegeheim. Wäre jetzt zu gefährlich. Für ihn wie für mich.

Die Nachbarskinder, ich höre und sehe sie vom Schreibtisch, hüpfen in ihrem Käfig-Trampolin auf und ab, ohne Unterlass. Strom müsste sich gewinnen lassen aus ihrer ununterbrochenen Bewegungsenergie. Und aus ihrem Gekreische, das mich gar nicht stört. Im Gegenteil. Ich erfreue mich daran. Mit ihnen geht es weiter.

28. März

»Hör auf, diesen Quatsch zu lesen, geh mal an die frische Luft«, hat meine Mutter früher oft zu mir gesagt. Jetzt höre ich auf ihre Stimme von einst, und gehe tatsächlich hinaus, zum ersten Mal seit Tagen. Ich drehe eine Runde und wundere mich über die vielen Menschen im Mauerpark. So viele sind auf einmal sportlich unterwegs, Laufbewegungen andeutend, hörbar keuchend. Zwei Krähen sitzen auf dem Zaun, der den überfrequentierten Teil des Parks von der noch immer nicht fertiggestellten Erweiterung trennt, auch sie scheinen sich zu wundern: Sonst ist hier doch alles anders, krächzen sie sich zu. Wo sind die Würste vom Grill? Wo bleiben unsere Freunde, die Flaschensammler?

29. März

Die halbe Welt ist seit Wochen zu Hause. Und ich frage mich, was machen die alle bloß? Heimarbeiten den ganzen Tag? Ihre Wohnungen renovieren? Auf den Selbstdarstellungsseiten des Internets sieht es aus, als ob nur sinnvolle Dinge getan würden, erfülltes Leben allerorten: Die eigenen Kinder werden bespaßt und unterrichtet, Sprachen erlernt, man engagiert sich, liest kluge Bücher (oder postet deren Cover), zwischendurch Yoga, stundenlang.

Selbst lese ich bloß das ganze Internet durch, jeden Tag von vorne, bis an seine Ränder. Ich schaffe es nicht, einen einzigen Roman zu lesen, denn wie wir alle wohne ich ja in einem. Jeden Morgen wache ich wieder in ihm auf. Seine Erzählung ist ein bisschen handlungsarm, aber das stört mich nicht, denn ich habe eine Schwäche für Bücher, die von fast nichts erzählen. *My year of Rest and Relexation* von Ottessa Moshfegh ist eines von ihnen, in ihm verlässt die Heldin ihr New Yorker Apartment kaum noch, betäubt sich und schläft die meiste Zeit. Fast wie der Protagonist des Romans, den ich gerade lebe. Seine Ausflüge führen nur noch in und um sein Zimmer, wie in Xavier de Maistres berühmtem Buch. Ja, *Die Reise um mein Zimmer* könnte ich mal wieder lesen. Oder vielleicht doch lieber *Der Graf von Monte Christo*, den anderen Klassiker der Eingesperrten-Literatur? Und was wäre mit *Robinson Crusoe*? Wo habe ich den bloß stehen? Die Bücher könnte ich mal ordnen, fällt mir ein, hatte ich das nicht sowieso vor?

Damit fange ich aber doch nicht an, weil ich wieder nur in völliger Fassungslosigkeit auf die neuesten Corona-Zahlen von Johns Hopkins starre. Der Roman, in dem wir alle uns gerade befinden, ist keine Rosenhausidylle in Stifterlandschaft, nein, es ist ein Schauerroman. Und plötzlich fühle ich mich wie die junge Elisabeth, wenn sie in *Pirates of the Caribbean* (dem Film, den die Tochter und ich unzählige Male zusammen gesehen haben) zum ersten Mal die *Black Pearl* der Piraten betritt und von Captain Barbossa zu hören bekommt: »You best start believing in ghost stories, Miss Turner ... you're in one!«

30. März

Auf dem Sofa liegend, heute bin ich ein Oblomow, fällt mir ein, dass ich nirgendwo hinmuss. So wie gestern und vorgestern schon und all die anderen Tage. Keine Termine und kein Ausgehstress mehr, und ich muss nicht mehr entscheiden – fear of missing out ist vorbei, sagt meine Tochter –, welche Buchpremiere, welche Vernissage oder Theatervorstellung ich dann doch nicht besuche. Und ich muss mich auch über kein verpasstes oder ausverkauftes Konzert – The Jesus and Mary Chain, Samstag in Berlin! – mehr ärgern. Das Leben ist so viel einfacher geworden. Bleibt das nun so?

Ich erinnere mich an die letzte Veranstaltung, die ich tatsächlich besucht habe, an einem Montag, Anfang März. Jan Brandt und ich trafen uns in Mitte, melancholisierten ein wenig über Verdrängung und Veränderung und endeten in der Buchhandlung Pro qm, in der die Künstlerin Daniela Comani ihr gerade erschienenes ziegelsteindickes Postkarten-Bilderbuch *Planet Earth: 21st Century* präsentierte. Wir trafen Bekannte – Jörg-Uwe war da, Katja, Ursula, Elena und Monica Bonvicini, die sich nach dem Armbändchen erkundigte, das sie mir drei Wochen zuvor aus einer Geschenkkordel geflochten und um mein Handgelenk gebunden hatte. Umarmt haben wir uns nicht mehr, nicht einmal die Hand gegeben.

Planet Earth: 21st Century, das wussten wir da noch nicht, ist das Buch zur Quarantäne: Comani ist zu Hause am Computer über Städte in der ganzen Welt geflogen und hat Sehenswürdigkeiten gesammelt, Screenshots aufgenommen und diese in hunderte schwarzweiße Postkarten verwandelt, die aussehen, als stammten sie aus einem Film von Godard. Damit hat sie vorweggenommen, wie unsere Reisen und Stadtwanderungen jetzt ablaufen werden. Sie hat uns Ansichtskarten aus der Zukunft geschickt.

31. März

Dienstags ist Chor, aber seit wir uns nicht mehr im Proberaum versammeln können, singen wir auf Zoom miteinander, dem plötzlich berühmt-berüchtigten Videokonferenzprogramm, von dessen Existenz ich vor drei Wochen noch nichts wusste. Für das gemeinsame Singen ist es leider nicht so gut geeignet, immer ist bloß eine andere Stimme zu hören, nie alle anderen. Deshalb singen alle, die sich heute zur Probe zugeschaltet haben, nur ein Duett mit der Stimme der Chorleiterin Barbara. Auch schön. Immerhin sehe ich die anderen singen: Münder, die sich öffnen und schließen, Rebecca tanzt, und zwei Sängerinnen schauen Kinder über die Schulter in die Kamera. Hinter ihnen sind, soweit ausgeleuchtet, die Zimmer der Anderen zu sehen; Zoom verschafft schmale Einsichten in Einrichtungsstile: Sieh an, so verbringst du dein Leben, mit so vielen Pflanzen, mit Hochbett, so vielen Büchern, mit so viel Nichts.

Nicht wenige Sänger*innen beklagen, dass sie schon den ganzen Tag via Zoom unterrichtet oder telekonferiert hätten, dass sie alle Tage vor dem Computer und mit diesem

Programm verbringen müssten, dessen Parallelmontage der einzelnen Videokacheln an den Vorspann eines Siebziger-Jahre-Actionfilms erinnert.

Die gewohnte Choreuphorie, die ganz große Singfreude stellt sich leider nicht ein. Als wir *There is a light that never goes out* von The Smiths anstimmen, muss ich bei der Strophe »Take me out tonight / Because I want to see people and I want to see life« ein bisschen weinen. Heute leider Chorweh während der Chorprobe.

1. April

Ich fülle ganze Bohnen in den Kaffeefilter. Und habe wieder das Gefühl, als befänden wir alle uns auf einem Langstreckenflug, Ziel und Dauer unbekannt. Ob der Treibstoff reicht? Sitzen wir in einem Raumschiff? Fliegen wir vielleicht zum Mars?

Das Gefühl, in einer Raumkapsel unterwegs zu sein, hatte ich schon einmal, vor über zehn Jahren, als ich fast ein Jahr im Krankenhaus verbringen musste. Damals war ich ähnlich entkoppelt von allem – allerdings ging es nur mir und meinen Mitpatienten so. Draußen, jenseits des Krankenzimmers und Klinikgeländes, nahm alles seinen gewohnten Lauf, ohne mich. Heute ist das anders. Heute sitzen fast alle in ihren Raumkapseln herum.

Nicht alle: Schwester, Schwager und Nichte haben geklingelt und stehen unten im Hof, sie haben eingekauft und eine Kiste mit Vorräten vor der Wohnungstür abgestellt.

Wir unterhalten uns, ich lehne mich aus dem Badezimmerfenster und winke. Meine Nichte, vier Jahre alt, ruft, ich solle ihr ein Blatt Papier nach unten werfen. Mache ich sofort. Sie malt dann einen Brief, den meine Schwester uns in den Briefkasten wirft. Familientreffen in Zeiten von Corona.

2. April

Die Tochter ist in ihre süddeutsche Universitätsstadt zurückgefahren. Sie möchte lieber dort eingesperrt sein als in Berlin. Mit ihrem Freund zusammen. Und im Fall des Falles gebe es dort besser ausgestattete Kliniken, sagt sie.

3. April

Ich bin vor der Tür, ich muss zur Apotheke. Wohl fühle ich mich nicht dabei, kommt mir vor, als ginge ich auf einer dünnen Eisschicht. Ja, ich habe tatsächlich ein schlechtes Gewissen, die Wohnung zu verlassen. Muss ich wirklich hinaus? Andere Fußgänger – ich bin nicht mehr der einzige mit Mundschutz – weichen aus, wir machen große Bögen umeinander. Im Mauerpark sehe ich ein Teenagerpärchen auf einer Bank vor der langen Graffitimauer sitzen, die Köpfe unter einem Kapuzenpullover zusammengesteckt. Machen sie das, frage ich mich, um sich zu küssen oder um ihre Handydisplays gegen die helle Frühlingssonne abzuschirmen? Hunde bellen, Vögel zwitschern, und ein Polizeiauto fährt über die Wiese, die keine Wiese mehr ist.

4. April

Um Mitternacht treffe ich Ingo an der Bernauer Straße. Wir begegnen uns mit Abstand, lassen mehr als zwei Meter zwischen uns und spazieren durch die leere Schwedter Straße bis zur Schönhauser Allee, über die Torstraße hinweg und die Alte Schönhauser hinunter bis zum Hackeschen Markt. Kein Mensch nirgends. Auf der Oranienburger Straße wird die Neue Synagoge weiterhin bewacht, zwei Polizisten stehen dort und grüßen. Ab und an fährt ein Auto vorbei, insgesamt nicht mehr als fünf oder sechs, einmal eine leere Straßenbahn.

»Berlin ist wieder so leer, wie es in den frühen neunziger Jahren war«, sagt Ingo, als wir vor dem Ladenlokal stehen, in dem sich einmal, lange her, das Obst & Gemüse befand, damals ein Ort, um sich zu sehen und zu betrinken. Die Baustelle um die Tacheles-Ruine gegenüber liegt verlassen da – ob dort tagsüber noch gearbeitet wird am ganz, ganz neuen Berlin? Auf der autofreien Torstraße gehen wir mitten auf der Fahrbahn, jeder hat eine Spur für sich, am schlafenden Rosenthaler Platz wartet ein einziges Taxi. Am Arkonaplatz begegnen wir einer Füchsin. Sie steht auf der Wolliner Straße und interessiert sich nicht weiter für uns. Sie scheint zu wissen, dass die Stadt schon ihr gehört.

Während ich wieder koche – ich koche so viel wie noch nie in meinem Leben, – facetime ich mit einer ebenfalls kochenden Freundin. Sie führt mir ihren Dampfgarer vor, mit dem sie Brokkoli, Lachs und Kartoffeln gleichzeitig zubereiten kann, »schonend zubereiten kann«, wie es heißt. Dann unterhalten wir uns über Reiskocher. Und darüber, wie oft die Spülmaschine laufen muss, jetzt, wo alle Mahlzeiten zu Hause eingenommen werden.

»Ob Spülmaschinentabs bald knapp werden?«

»Nichts ist mehr sicher, das haben wir nun doch gelernt«, sagt sie und prostet mir zu, wir haben noch Wein. Wir lassen uns auch gegenseitig probieren – was leider nicht wirklich möglich ist, unsere Gläser und Gabeln stoßen nur gegen die Frontkameras unserer iPads.

Später, wir haben uns noch einige Male zugeprostet, würde ich sie gern küssen, aber auch das geht durch die Kamera leider nicht. Außerdem muss Isabelle noch ein Buch für ihren neu gegründeten, morgen zum ersten Mal stattfindenden virtuellen Buchclub zu Ende lesen.

»Lesekreis per Zoom? Als Konferenzschaltung?«

»Genau.«

Während ich den Tisch abräume, muss ich an die Videochats in frühen Weltraumfilmen denken: Die auf der Erde oder sonst wo Zurückgebliebenen sprechen mit dem einsamen Astronauten im All, dann reißt die Verbindung ab. Wie zukünftig diese Bildtelefonie einmal gewirkt hat. Nur mit der echten Raumfahrt, die mir während meiner Kindheit versprochen wurde, hat es noch nicht so richtig geklappt.

6. April

Die Sonne scheint, und ich muss dringend an die Luft. Und noch ist es ja nicht ganz verboten. Vor dem signalorangefarbenen, mittlerweile halb verfallenen Siebziger-Jahre-Schulgebäude in der Swinemünder Straße treffe ich Juliane, die ich unter ihrer selbst genähten Maske (kleine rote Herzchen auf weißem Baumwollstoff) kaum erkenne. Wir wollen uns aus sicherer Entfernung winken, wir sind einander keine Kontaktpersonen. Sie hat einen Zollstock mitgebracht, den sie nun, da ich fast neben ihr stehe, ausklappt.

»Diese 1,60 Meter bleiben zwischen uns, näher dürfen wir uns nicht kommen.«

»Sind das nicht zehn Zentimeter zu viel?«, frage ich.

»Sicher ist sicher. Außerdem lässt sich ein Zollstock nur in 20-Zentimeter-Schritten ausklappen.«

Jeder von uns behält sein Ende der 1,60 Meter in der Hand, so bewegen wir uns Richtung Humboldthain, die Bürgersteige sind glücklicherweise breit genug. Wo es nötig wird, schwenken wir aus dem Nebeneinander ins Hintereinander, der Zollstock überträgt Zug und Druck und ist dabei doch flexibel.

»Das ist der perfekte biegsame Abstandshalter, Juliane. Du hast das Zollstockspazieren erfunden!«

Alle, die uns entgegenkommen, lächeln uns an.

7. April

Mein Vater ist am Telefon, überraschenderweise, von sich aus hat er seit über einem Jahr nicht mehr angerufen. Er sagt – im Hintergrund höre ich eine befahrene Straße – er habe sich verlaufen und wisse nicht mehr, in welche Richtung er gehen müsse. Und wohin überhaupt. »Wo wohne ich noch mal?«

»Du darfst das Pflegeheim doch gar nicht mehr verlassen, Papa!«

»Pflegeheim? Welches Pflegeheim? Und wieso soll ich nicht spazieren gehen dürfen?«

Von Corona und dem Virus, über das wir uns gestern lange unterhalten haben, weiß er nichts mehr. Er hat es, sein Glück, schon wieder vergessen.

Nachdem ich ihn telefonisch in seine Residenz zurückgelotst habe – geh in die Richtung, in die der Rhein fließt, der Fluss muss rechter Hand liegen –, erinnere ich ihn noch an seinen Geburtstag, der dieses Jahr auf den Ostersonntag fällt.

»Leider können wir nicht kommen, dein Haus ist für Besucher geschlossen. Zu eurer Sicherheit.«

»Ach ja? Wegen dieses neuartigen Virus, von dem ich so viel lese?«

»Ja, Papa.«

»Nicht schlimm, kommt ihr halt nächstes Jahr.«

8. April

»Heute Vormittag, ich war natürlich noch im Schlafanzug, hat mein Freund, der DHL-Bote, geklingelt«, erzähle ich Juliane, wir sind wieder, Spazierinflation, mit dem Zollstock unterwegs.

»Und, was hat er diesmal gebracht? Ein Backblech? Noch einen Topf?«

»Nein, Entwicklungshilfe aus China: Meine Übersetzerin hat mir über ihre Universität einen Karton FFP2-Atemmasken schicken lassen.«

»Die haben dort anscheinend großes Interesse an deinem Überleben. Pass auf, dass die Masken nicht beschlagnahmt werden!«

Hinter dem Gesundbrunnen-Center geraten wir in eine Kleingartenkolonie, durch die ich noch nie gegangen bin, ich staune.

»Terra incognita in deiner Nachbarschaft. Jetzt ist die Zeit, sie zu erkunden«, sagt Juliane.

Vor einem der Gärten schlägt eine Forsythie einen blühenden Bogen über dem Eingang, auf einem anderen Grundstück gibt es neben der Hütte noch ein ebenso großes Baumhaus, dicht über einer Armee von Gartenzwergen schwebend. Und in nicht wenigen Sträuchern hängen Ostereier zwischen sich zaghaft entfaltenden Blättern. Plastikostereier.

»Wie lange dauert das jetzt schon? Sind wir nun die zweite, dritte oder vierte Woche auf Pause?«, fragt Juliane.

»Weiß ich nicht mehr. Ich weiß nur, dass ich mittlerweile selbst von meinem Corona-Biedermeier genervt bin. Von der Apotheose des Rückzugs in die Häuslichkeit und all den Aufforderungen zur Besinnung. Ich möchte mich nicht mehr besinnen, ich möchte wieder raus, richtig raus und ganz nah an alles ran.«

»Bist du ein bisschen wütend, David?«

»Ja, Hashtag hatecorona.«

»Dir geht es doch gut«, sagt sie und erzählt von einer Freundin, die mit ihren zwei kleinen Kindern in einer viel zu kleinen Wohnung durchdrehe. »Die einen kaufen sich Nudelmaschinen, backen ihr Brot selbst und sortieren ihre Fotosammlungen. Die anderen kommen wegen der Kinder, oder weil sie im Krankenhaus oder an der Supermarktkasse arbeiten, zu gar nichts.«

Ja, ich erinnere mich an die Tage, als Martha morgens um kurz nach sechs neben dem Bett stand und sagte: »Papa, spielen!« –, aber das verrate ich jetzt nicht, denn Juliane fragt, warum wir eigentlich nicht über die Toten sprechen: »Angeblich sterben in Deutschland ja so viel weniger als in anderen Ländern –, aber nun sind es auch schon über zweitausend Tote. Wer sind die? Wie heißen sie? Sonst, bei anderen Katastrophen, erfahren wir immer viel mehr über die Opfer, als wir wissen wollen. Warum nicht jetzt?«

»Die deutsche Industrie möchte nicht über Tote sprechen. Sie möchte wieder Autos bauen. Und verkaufen. Capitalism is a death cult.«

»Karfreitag wäre doch eine gute Gelegenheit. Ostern dreht sich doch ums Leiden und ums Sterben.«

»Und ich dachte, es ginge um Osterhasen und die Auferstehung –, aber die fällt dieses Jahr wohl aus.«

»Ist das nun unser Osterspaziergang?«

»Vermutlich. Vom Eise sind wir jedenfalls befreit, von der Pandemie noch nicht. Die Pflaumenbäume blühen, und die vierzig Tage Fastenzeit sind fast vorbei.«

»Sag mal, der handlungsarme Roman, in dem wir uns deiner Ansicht nach gerade befinden, komme ich in dem auch vor?«

»Selbstverständlich. Wir spielen alle mit. Alle zusammen.«

2020

HÄTTE ICH ZU FUSS

Hätte die Pandemie es nicht verhindert und mich nicht zuhause festgehalten, hätte ich kürzlich auf einer Veranstaltung zum Thema Städtebau von einigen Streifzügen durch Berlin erzählen können. Zum Ort der Veranstaltung am Teutoburger Platz hätte ich zu Fuß gehen können, den Vortrag selbst hätte ich mit einem Bericht über meinen Spaziergang ebendorthin begonnen. Die Stadt ist ein offenes Buch.

Der Weg hätte mich durch eines der beliebtesten und nachgefragtesten Berliner Altbauquartiere geführt. Ein Quartier des späten 19. und des frühen 20. Jahrhunderts, errichtet im Hobrechtplan von 1862, mit Blockrandbebauung in Traufhöhe. Ich hätte das beliebte Berlin der Alleen, der Stadtplätze und der stillen Querstraßen durchwandert, das viele vor Augen haben, wenn sie an Berlin denken. Es gibt Straßen, in denen blühen im Frühjahr die Kirschbäume rosafarben in langen Reihen unter wiederhergestellten oder neuerfundenen Stuckfassaden. Ja, der Prenzlauer Berg ist beliebt, viele Menschen wollen hier wohnen. Die Entwicklung der Immobilienpreise der letzten Jahrzehnte verrät es.

Um mich aber nicht nur durch ein Abziehbild von Berlin zu bewegen, um mehr über die Stadt zu erzählen und jüngere Beispiele für den Berliner Städtebau zu sammeln, hätte ich einige Umwege eingeschlagen. Ja, ich hätte versucht, mich ein wenig zu verlaufen, und das ganz absichtlich. In das Neubaugebiet nördlich des Mauerparks hinein, nicht weit vom Bahnhof Gesundbrunnen, wo eine Bahnbrache überbaut wurde. Und hätte bemerken können, wie nah die glatten Blöcke der neuen Wohnbebauung dort aneinander stehen, wie Tortenstücke, die in einer Konditorei zu dicht auf eine Kuchenplatte gestellt wurden.

Von dort hätte ein Schlenker durch Gesundbrunnen geführt. Ich hätte begutachten können, wie der soziale Wohnungsbau gealtert ist, der in den sechziger und siebziger Jahren im Wedding errichtet wurde, auf Flächen, auf denen zuvor Altbauten abgerissen worden waren, »Stadterneuerung« hieß das damals. Auf die Idee, Altbauten zu sanieren, kam Berlin erst später. Mir hätte dann auffallen können, wie großzügig und luftig und begrünt die Bebauung des Brunnenviertels heute wirkt. Der Vinetaplatz ist ein Urwald. Bei all denen, die sich den nur wenige hundert Meter entfernten Prenzlauer Berg nicht mehr leisten können, wird das Brunnenviertel immer beliebter. Seine Achse und heimliches Zentrum ist die Swinemünder Straße, eine verkehrsberuhigte Straße ohne parkende Autos. Eine Straße, die mich kurioserweise (und das nicht nur, weil die Autos fehlen) oft an Venedig erinnert, denn dort, wo vor dem Krieg einmal Straßenbahngleise lagen (an einigen Stellen noch zu sehen), gibt es einen breiten, überwucherten Grünstreifen, den ich mir als einen grünen Kanal denke. Links und rechts davon liegen die breiten gepflasterten Fußgängerufer.

Auf meiner imaginierten Wanderung hätte mir auffallen können, dass alle meine Lieblingsstädte – zu denen, wenig originell, auch Venedig gehört – Fußgängerstädte sind. Venedig ist, solange ich nicht Vaporetto oder Gondel fahre, die Fußgängerstadt überhaupt; es gibt gar keine Alternative, durch Venedig fahren keine Busse und keine Autos, nicht mal Fahrräder sind erlaubt.

Auch Paris, eine weitere Lieblingsstadt, ist eine Fußgängerstadt. Die in Paris auf den früheren Verteidigungsanlagen entstandenen Boulevards (das Wort »Boulevard« ist eine Verballhornung eines Wortes, das wir im Deutschen noch als »Bollwerk« kennen) waren *die* Spazierstrecken der Hauptstadt des 19. Jahrhunderts, bevor Autofahrer sie in Besitz nahmen und blockierten. Walter Benjamin erzählt, wer etwas auf sich hielt, sei damals auf den Boulevards und in den von ihnen abzweigenden Passagen mit Schildkröten spazieren gegangen. Und ja, selbst die Hauptstadt des 20. Jahrhunderts, New York City, ist im Grunde eine Fußgängerstadt.

Auf meinen weiteren Umwegen durch das heutige Berlin – der Stadt, die so gerne die Hauptstadt des 21. Jahrhundert geworden wäre, aber nein, keine Chance, diese Stadt müsste eher irgendwo in Asien liegen, Shanghai vielleicht – hätte ich die fußgängerunfreundliche Umgebung des Alexanderplatzes weiträumig gemieden. Seine aus sozialistischer Stadtplanung stammenden Magistralen, die teils in Autotunneln münden, sind heute größere Spazierhindernisse. Die Freiflächen zwischen dem früheren Centrum-Warenhaus, dem Bahnhof Alexanderplatz und der jüngeren Bausünde Alexa-Mall können das nicht kompensieren.

Aber ich hätte, in Gedanken bin ich mit leichten Siebenmeilenstiefeln unterwegs, noch einen Abstecher in Richtung Ostbahnhof unternommen. Um mir anzusehen, was in den letzten Jahren rund um die große Mehrzweckhalle mit wechselndem Namen entstanden ist. Zurzeit heißt die trostlose, städtebaulich sowie architektonisch einfallslose Fläche vor der Arena, die in jeder chinesischen Provinzstadt stehen könnte, Mercedes-Platz. Nur die nahe, hier auf der falschen Seite bemalte frühere Hinterland-Mauer der East Side Gallery hätte mich daran erinnert, dass ich mich in Berlin befinde.

Wirklich getröstet hätte mich ein Abstecher in die neue sogenannte Europacity nördlich des Hauptbahnhofs nicht. Dort wurde das, was Berlin im Überfluss hat oder einmal zu haben schien, freie Fläche, mit sehr viel, teils sogar anspruchsvoll gestalteter Wohnbebauung aufgefüllt. Wer dort wohnt und aus der ersten Reihe aufs Wasser des Berlin-Spandauer Schifffahrtskanals und den Garnisonsfriedhof blicken kann, hat Glück.

Vielleicht hätte ich mich auf dieser Spazierrunde auch noch ins klassizistische Berlin verirrt. Oder das, was heute davon übrig ist. Unter den Linden zu spazieren, hätte mir wieder gefallen, der Mittelstreifen bietet eine gute Gehstrecke. Wobei die Frage, warum dort so viele Gebäude geklont wiederauferstehen mussten – das untote Berliner Schloss ist nur das bekannteste Beispiel – mich mindestens bis zum Rosenthaler Platz beschäftigt hätte.

Der Rosenthaler Platz heißt noch immer Platz, obwohl er schon lange keiner mehr ist. Er ist bloß eine stark befahrene Kreuzung. Dort, nicht auf, sondern neben dieser für Fußgänger lebensgefährlichen Kreuzung, hätte ich angehalten und mir das Rosenthaler Tor zurückgewünscht, einen Bau im Stil des Friderizianischen Rokoko, das einst, schon im 19. Jahrhundert, als Verkehrshindernis galt und abgerissen wurde. Leider.

Warum, hätte ich mich auf meinem Weg durch die Stadt fragen können, warum sind die Straßen und die Gehwege in Berlin eigentlich so breit? Haben die Stadtplaner des 19. Jahrhunderts bereits an Autos gedacht? Die Antwort lautet, wenig überraschend, nein. Die breiten Berliner Straßen und Alleen sind nicht als Autoabstellflächen angelegt worden. James Hobrecht zeichnete sie vielmehr so breit in seinen berühmten Plan von Berlin, um den Bau von Barrikaden zu erschweren. Das war die Lehre, welche die Stadtplaner des 19. Jahrhunderts aus dem Revolutionsjahr 1848 zogen: enge Straßen sind bei Aufständen gefährlich für die Obrigkeiten. Am damals noch ziemlich unübersichtlichen Platz vor dem Rosenthaler Tor standen im März 1848 Barrikaden, an die heute nichts mehr, nicht einmal eine Gedenktafel, erinnert. Auf den neuen, breiteren Berliner Straßen konnte eine Kompanie sich mit aufgepflanztem Bajonett nebeneinander aufstellen, um, wenn es sein musste, aufmüpfige Berliner Bürger zu füsilieren.

Ja, es ist ein Missverständnis des 20. Jahrhunderts zu glauben, Berlin sei schon im 19. Jahrhundert für das Auto erbaut worden, selbst wenn es heute vielerorts so aussieht. Mir hätte auffallen müssen, an wie vielen abgestellten und dauerparkenden Autos ein Stadtspaziergänger vorbeikommt. Viele Straßen sind heute nur noch längliche Parkplätze mit Randbebauung.

Nicht erst seit dem zukünftigen Epochenjahr 2020, seitdem so viel von dem, was wir für selbstverständlich hielten, nicht mehr gilt oder nicht mehr möglich ist, stellt sich die Frage nach einer gerechteren Neuaufteilung des Stadtraums. Das betrifft nicht nur den Radverkehr, dem dauerhaft mehr Platz auf den Straßen eingeräumt werden muss – Berlin kann in dieser Hinsicht viel von Paris und Amsterdam lernen –, sondern auch den Raum, der Fußgänger*innen zugestanden wird. Das Stadtleben hat sich seit dem Ausbruch der Pandemie erzwungenermaßen nach draußen verlagert, auf die Straße, auf die Gehwege, aufs Trottoir. Die Autos, die dort die meiste Zeit bloß herumstehen, stören dieses neue Leben ganz gewaltig.

2020

DIE LETZTEN TAGE VON WEST-BERLIN

Es sind wahrscheinlich die letzten Tage der Grünen Autonomen Republik Berlin (West). Die Söldner der DDR werden, wir rechnen damit, bald einmarschieren. »Humanitäre Mission« werden sie es nennen – und nicht einmal ganz Unrecht haben, es gibt kaum noch etwas zu essen in dieser Republik, die schon lange keine funktionierende Stadt mehr ist.

Hinter der Ruine der Staatsbibliothek, wo einmal, lange her, vor dem Zweiten Weltkrieg, der Potsdamer Platz lag, erstreckt sich ein Birken- und Robinienhain bis zum Neuen Brandenburger Tor. Von der anderen Seite der Mauer, von drüben, glitzern hell erleuchtete Glastürme herüber. In ihrem Schein kann ich lesen, nachts gibt es nur hier noch Licht.

Dass die Mauer, in deren Nähe ich sitze, früher, lange vor den Analogunruhen, dazu diente, niemanden aus dem Osten herauszulassen, das mutet heute an wie ein Witz. Kinder, denen ich davon erzähle, wollen es nicht glauben. Sie lachen, wenn sie hören, dass die heutige virtuelle Grenze um unser Berlin früher einmal dazu da war.

Wie fing es an? Wie hat die DDR den Westen überholt? Radikale Reformen haben sie damals wohl am Westen vorbeikatapultiert. Im Rückblick sieht es so einfach aus, ja, die DDR hat den Westen durch Digitalisierung übertroffen –

und sich schon im Jahr 2000 in »Deutsche Digitale Republik« unbenannt. Die Abkürzung blieb praktischerweise die gleiche.

Zur Sicherung ihrer Grenze hatte die DDR schon in den frühen achtziger Jahren des letzten Jahrhunderts ein elektronisches Überwachungsnetz mit Kommunikationsmöglichkeiten entwickelt. Mobile Drohnen lösten die Fesselballons ab. Und dann begannen die Staatsbetriebe, die Überwachungstechnologien zu exportieren: Israel bekam die beste, fast unsichtbare Mauer der Welt; die USA kauften einen virtuellen Zaun der vierten Generation für ihre Grenze mit Mexiko. Überall, wo Armutsmigration aufgehalten werden sollte, war die Qualitäts-Grenzsicherung Made in GDR gefragt, Mauerschützen wurden mitgeliefert, die Schwarzwasser-Söldner*innen der DDR, die neuen Janitscharen, waren und sind als Ausbilder und Spezialkräfte in der ganzen Welt unterwegs.

Morgen oder übermorgen kommen sie wahrscheinlich zu uns. Die Digitale Republik will endlich aufräumen vor ihrer Haustür, das neue Tannhäuser Tor (früher: Brandenburger Tor) soll endlich irgendwo hinführen.

Die prosperierende Rüstungs- und Überwachungstechnologie ermöglichte der DDR den Import von Konsumgütern, darüber hinaus entwickelten die Ingenieure im Silikon-Streifen zwischen Halle und Leipzig erfolgreiche zivile Anwendungen der Überwachungstechnik, tragbare Telefone beispielsweise. Die Regierung schenkte jedem Staatsbürger eines dieser Handtelefone; DDR-Bürger*innen, die einst jahrelang auf einen Festnetzanschluss gewartet hatten, konnten nun jederzeit und überall miteinander telefonieren. Was sie nicht wussten oder nicht wahrhaben wollten: dass sie so viel leichter zu überwachen waren. Jeder trug eine Wanze, ein Abhörgerät mit sich herum, freiwillig. Kaum jemand musste mehr beschattet werden. Die Fraktion der Reformer in der Staatssicherheit hatte geahnt, dass es viel effektiver und kostengünstiger sein würde, die Bevölkerung sich selbst überwachen zu lassen.

Die Anti-Elektronik-Partei in Berlin (West) warnte vor diesen tragbaren Telefonen; ebenso die immer stärker werdende Vereinigung der Antimetaller. In der GAR, der Grünen Autonomen Republik Berlin (West), die sich von der westdeutschen Republik Rüstiger Rentnerinnen (RRR, geführt von Helmut Kohls Witwe) losgesagt hatte, wurde die Nutzung von Tragetelefonen untersagt. Die Koalition der Berliner Schwäbischen Alternative und der AEP verbot nach und nach alle Elektronik und führte die Hudewirtschaft im Grunewald ein, nirgendwo durfte neu gebaut werden, Dächer wurden abgedeckt, um mehr Nistplätze für Vögel zu schaffen, es kam zu Zwangsumsiedlungen in Wagenburgen.

Heute fährt keine U-Bahn mehr, die Antimetaller haben die Tunnel geflutet und alle Autos stillgelegt (es gäbe allerdings auch weder Strom noch Benzin, um sie zu bewegen), während drüben, im Osten, selbststeuernde Elektras und Schwebebahnen fahren. Nach Leipzig-Mitte ist die Magnet angeblich nur siebenundzwanzig Minuten unterwegs. Wir hingegen gehen zu Fuß, wir wandern und heizen mit Abfällen. Holzfahrräder und Einbäume sind erlaubt, vegane Kleidung ist Pflicht.

West-Berliner*innen, die eine andere Staatsbürgerschaft besaßen, sind schon lange fortgezogen. Rückkehrprämien lockten türkischstämmige Bewohner ins Boomland Erdoğanistan. Es gibt keine Döner und keine vietnamesischen Restaurants mehr in Berlin, es gibt nur, was hier wächst: Gemüse. Überall Gemüse. Es wächst auf den Hängenden Gärten (die einmal die Stadtautobahnen waren) und in Hochbeeten auf allen Plätzen und den Tempelhofer Feldern, überall wird biologisch und nachhaltig gegärtnert. Kaninchen finden viel zu fressen, werden aber nur heimlich gejagt, denn die Vegetaristen und die mit ihnen verbündeten Früchtler haben das totale Fleisch- und Tiertötungsverbot durchgesetzt. Nur die Grunewaldpartisanen und versprengte Gruppierungen in Waidmannslust scheren sich nicht darum, sie grillen auch Hunde. Es gibt genug, es gibt hunderttausende wilde Hunde in der Stadt; Wald- und Straßenköter, die von den Haus- und Schoßhunden abstammen, die während der Analogunruhen von fliehenden Besitzern zurückgelassen wurden. Als die Unruhen vorbei waren, hatten die Bildschirmstürmer alle Fernseher und Computermonitore der Stadt zerschlagen. Die DDR digitalisierte in dieser Zeit die Bestände der Staatsbibliothek und die Schätze des Kunsthandwerkmuseums – kurz darauf brannte das Kulturforum ab, in dessen Ruinen ich seit bald zehn Jahren hause. Pioniergewächse haben sich das Gelände zurückerobert, Brombeeren und Pilze wachsen überall, Bienen summen herum, seit es verboten ist, Bäume zu fällen, weil auch für Bäume Bürgerrechte gelten, wuchert alles zu. Der Tiergarten wird ein Urwald.

In der DDR nahm die Selbstüberwachung der DDR-Bürger mit den aufkommenden Rechner-Steckbriefalben nach kurzer Zeit ganz neue Züge an. Bald hatte jeder eine Albumseite im Netz und machte alles öffentlich, niemand wollte mehr Geheimnisse haben – dem Staat war das, so geht die Erzählung, sehr recht. Terminals standen überall, bald gab es transportable Geräte, und dann wollten alle, auch Menschen im Westen, einen Robotron-Boskop besitzen. Robotron-Boskop, das Taschengerät für alle, das immer alles weiß. Und immer dabei sein kann. Überall. Robotron ist wohl Weltmarktführer – aber was weiß ich, ich lese ja bloß altes Papier, Fetzen, die beim Brand der Staatsbibliothek übriggeblieben sind. Ich lese, was mir vor die Füße weht oder was ich heimlich vor der Kompostierung retten konnte.

»Überholen ohne Einzuholen« – unsere Großeltern hatten über diesen Satz der alten DDR gelacht – und dann ist es ihr doch gelungen. Der digitale Sozialismus hat gewonnen. Nicht nur Robotron, auch der Staatsbetrieb, der ursprünglich Raufasertapete für den Westen herstellte, wurde zum Weltkonzern, weil ein sächsischer Ingenieur die Gugel erfand. Die Gugel war anfangs bloß eine Such- und Verschleierungsmaschine, die vieles im Netz finden und verbergen konnte. Heute weiß die Gugel oder seine tragbare

Variante, der Gugelhupf, einfach alles, weil jeder Nutzer ihr etwas verrät. Sie kann sich alles merken. Ursprünglich sollte die Gugel »Kristallkugel« heißen – ihr Erfinder, der sächsische Ingenieur Erich Schmidt, sprach jedoch so undeutlich, dass alle immer »Gugel« statt »Kugel« verstanden.

Ich sitze auf einem umgestürzten Baumstamm nicht weit von der Mauer, die im Grunde unsichtbar ist. Nur ein Leuchtband und der mit Unkrautvernichtungsmitteln kahl gehaltene Bodenstreifen markieren die Grenze. Ich könnte einfach hinübergehen, mir würde nichts passieren – wenn ich nur eine DDR-Erbse in mir trüge. Mir eine hätte implantieren lassen. Mittlerweile, ach was, schon lange trägt jede*r Bürger*in der Deutschen Digitalen Republik eine kleine Nah-Feld-Bohne unter der Haut, ein winziges Schaltkreis-Plätzchen mit individueller Kennung, das überall registriert wird, immer und überall. Neugeborene bekommen die Erbse in den ersten Lebensminuten eingesetzt. Trüge ich eine in mir, die nicht sichtbare Mauer würde mich erkennen und hinüber auf die andere Seite lassen. Die Erbse, die Erbse der Deutschen Digitalen Republik, öffnet Türen, startet Elektra-Selbstfahrer, ermöglicht Bezahlung und Grenzübertritte. Sie identifiziert ihren Träger immer und überall.

Nicht wenige von denen, die noch hier in der Grünen Hungerrepublik ausharren, sind schon Bürger*innen der Digitalen Republik. Ja, es war ein Geniestreich der DDR, dass sie Staatsbürgertum und Territorium entkoppelte. Fast jede*r, egal wo sie oder er auf der Welt wohnt, kann Bürger*in der Deutschen Digitalen Republik werden. Sie oder er muss nur einer Implantierung zustimmen. So sind die besten Softwareingenieurinnen Indiens, Indonesiens und Chinas Bürgerinnen der DDR geworden. Neubürger*innen dürfen sich hocharbeiten, Bonuspunkte und Gratifikation können erworben werden. Wahrscheinlich war auch das eine gute Idee der DDR und ihres neuen digitalen Sozialismus, der im Grunde ein Digitalkapitalismus ist: ihren Bürger*innen das Leben als großes Videospiel zu verkaufen, in dem es keine Benachteiligungen und Diskriminierungen mehr gibt.

Hätte es auch anders kommen können? Hätten die geheimen Digitalisten der Staatssicherheit im Frühjahr 1989 nicht geputscht – würde Erich Honecker noch immer regieren? Ohne die digitalen Reformen und den Zugang zu Konsumgütern hätte die DDR ihren vierzigsten Geburtstag wahrscheinlich nicht mehr gefeiert, der Westen hätte den Kalten Krieg gewonnen, West-Berlin hätte noch Strom, und ich müsste nachts nicht bis zur Lichtmauer kriechen, um die Papierschnipsel, die ich vor dem Kompostierungswahn der Früchtler gerettet habe, hier heimlich zu entziffern.

Die Sache mit dem Strom ist schwierig. Es gibt illegale Anzapfungen und Leitungen, es gibt versteckte Windkraftanlagen und Solarmodule – oft aber ziehen Anti-Strom-Fanatiker der AEP und der AFE (Alternative für Elektrizität) durch die Stadt und zerstören alle Anlagen, die sie finden. Um den natürlichen Biorhythmus nicht zu stören und die Pflanzen und Tiere nicht zu irritieren, gilt sowieso ein allgemeines Nachtlichtverbot. Deshalb sitze ich hier nahe der virtuellen Mauer, hier kann ich lesen, hier kommt Licht von drüben.

Hinüber möchte ich trotzdem nicht. Ich bin gerne eine tote Seele. So nennen sie uns, tote Seelen, weil wir nicht registriert sind, weil es uns digital nicht gibt.

2024

Editorische Notiz

Einige Texte in diesem Buch sind in anderer Form bereits an anderer Stelle erschienen. Für diesen Band wurden sie teils stark verändert.

Brandwände erzählen Berlin. Vortrag in der Alfred-Ehrhardt-Stiftung, Berlin, 20.06.2018
Der Retroflughafen. In: Die Zeit, 11.10.2020
Oderberger Straße. In: Der Tagesspiegel, 07.08.2020
Ende eines Supermarkts. In: Der Tagesspiegel, 12.02.2017
Die 69. Mall. In: Zeit Online, 02.11.2018
Erlösungsspiel am Rosenthaler Platz. In: Psychogeografie. Eine Anthologie. Hrsg. v. Anneke Lubkowitz. © 2020 MSB Matthes & Seitz Berlin Verlagsgesellschaft mbH.
Rebellion am Großen Stern. In: Frankfurter Allgemeine Zeitung, 08.10.2019
Gleisdreieck mit Hund. In: Merkur. Nr. 830, Juli 2018
Berliner Zimmer. In: Merkur. Nr. 865, Juni 2021
Die Halle schwebt. In: Der Tagesspiegel, 08.08.2015
Geflüchtet nach Berlin. In: Das Herz verlässt keinen Ort, an dem es hängt: Weiter Schreiben – Literarische Begegnungen mit Autorinnen und Autoren aus Krisengebieten. Hrsg. v. Lina Muzur und Annika Reich. Berlin (Ullstein) 2018

Das kleine große Riesenmülltütenmonster. In: Der Freitag, 07.07.2011
Tüte im Wedding. In: Werner Düttmann. Berlin.Bau.Werk. Hrsg. v. Lisa Marei Schmidt und Kerstin Wittmann-Englert. Berlin (Wasmuth & Zohlen) 2021
Wallfahrt zu Maria Regina Martyrum. In: Die Zeit, 04.12.2017
Letzte Runde Tegel (zu früh). In: Die Welt, 02.06.2012
Schlange frisst Autobahn. In: Der Tagesspiegel, 31.07.2011
Der Bierpinsel. In: Der Tagesspiegel, 13.09.2014
Hin und her, kreuz und quer. In: Ingo van Aaren, David Wagner. Nachtwach Berlin. Spaziergänge mit Schildkröte. Berlin (Distanz) 2020
Die Spazierinflation. In: Zeit Online (In zwei Lieferungen erschienen, 17.03.2020 und 09.04.2020)
Hätte ich zu Fuß. In: Neue Zürcher Zeitung, 18.11.2020
Die letzten Tage von West-Berlin. In: Tip, 13.11.2014. Und in: Unbehauste 1: 23 Autoren über Fremdsein und Identität. Hrsg. v. Alexander Broicher. Berlin (Nicolai) 2015

Danke allen, die mit mir spazieren waren.

Ingo van Aaren
und David Wagner
Nachtwach Berlin

DISTANZ Verlag
Berlin 2020

160 Seiten
32 Euro
ISBN 978-3-95476-407-5

Eine Schildkröte zieht einen Schriftsteller hinaus ins nächtliche Berlin. Der Fotograf Ingo van Aaren (geb. 1973, lebt und arbeitet in Berlin) folgt dem ungleichen Paar auf ihren Wanderungen, fotografiert sie am Brandenburger Tor, auf dem Alexanderplatz oder der Oberbaumbrücke, immer allein vor den menschenleeren, verwaisten Kulissen der Metropole. Es ist nicht das Berlin, das wir kennen, es ist ein Parcours durch die Geschichte und Gegenwart der Stadt. Neben van Aarens Fotografien stehen Texte von David Wagner (geb. 1971, lebt und arbeitet in Berlin). Es entfaltet sich ein poetisches Zwiegespräch zwischen der beinah allwissenden Schildkröte und dem Schriftsteller in Nachtstücken, die von der Verwandlung Berlins zwischen halb vier und fünf Uhr morgens erzählen, die interessante Anschlüsse an Wagners Betrachtungen der Tagseite der Stadt in seinen Büchern *Welche Farbe hat Berlin* und *Mauer Park* bieten.

Im Dialog von Ingo van Aarens Fotografien und David Wagners Texten entwickelt sich eine neue Form des Flanierens durch Berlin.

VERBRECHER VERLAG

David Wagner

ROMANIA

Broschur
128 Seiten
14 €

ISBN: 978-3-95732-30-6

Bukarest im Frühjahr 2002: David Wagner hat eine Wohnung mitten in der Stadt, viel Zeit und müsste einen Roman schreiben. Er aber besucht bloß Ceaușescus Paläste, verspielt sein Geld im Casino, vermisst seine kleine Tochter, trifft Ganoven, Schriftsteller und Verleger, verliebt sich in eine Dichterin und soll Gellu Naums Wintermantel zu Oskar Pastior nach Berlin bringen – kurz, er gerät in einen Roman, statt einen zu schreiben.

Wiedergefundene Aufzeichnungen und Tagebucheinträge, die bis ins Jahr 2021 reichen, erzählen nun diesen Roman aus den letzten Tagen des Postkommunismus, einen Roman voller poetischer Verzweiflung und Beschreibungsfreude.